私はこれまで天皇の務めとして、何よりもまず国民の安寧と幸せを祈ることを大切に考えて来ましたが、同時に事にあたっては、時として人々の傍らに立ち、その声に耳を傾け、思いに寄り添うことも大切なことと考えて来ました。天皇が象徴であると共に、国民統合の象徴としての役割を果たすためには、天皇が国民に、天皇という象徴の立場への理解を求めると共に、天皇もまた、自らのありように深く心し、国民に対する理解を深め、常に国民と共にある自覚を自らの内に育てる必要を感じて来ました。

（平成二八年八月八日「象徴としてのお務めについての天皇陛下のおことば」より）

昭和20（1945）年7月、終戦直前、疎開先の日光での明仁皇太子（宮内庁提供／朝日新聞社）

昭和33（1958）年12月6日、ご成婚前、麻布のテニスコートで明仁皇太子と正田美智子さん（産経新聞社）

天皇皇后両陛下の歌から読む平成史

関川夏央・山下晋司 解説
ベストセラーズ書籍編集部 編

KKベストセラーズ

昭和56(1981)年11月、東宮御所の庭でくつろぐご一家(宮内庁提供/毎日新聞社)

平成7(1995)年1月31日、芦屋市精道小学校に避難した住民たちに話しかける天皇陛下(朝日新聞社)

平成31（2019）年1月2日、新年の一般参賀に集まった人たちに手を振る両陛下（朝日新聞社）

平成30（2018）年12月23日、85歳の誕生日の一般参賀。両陛下と皇族方（産経新聞社）

天皇皇后両陛下の歌から読む平成史

はじめに

平成31（2019）年4月1日に政府により新元号が「令和《れいわ》」と発表され、「平成」の御代《みよ》は、私たち日本国民の意識の中で次第に思い出として刻《きざ》まれようとしています。

『天皇皇后両陛下の歌から読む平成史』とは、日本人がこの平成の30年間をどう生きてきたのかを振り返る同時代史であると共《とも》に、両陛下がそれをどう詠《よ》んだかを現《あらわ》す記録でもあります。つまり「日本国民の生き様を詠む両陛下の平成史」ともいえます。本書は、日本人が歩《あゆ》んだ息吹《いぶき》を両陛下が詠んだ歌を通じて伝えるために制作いたしました。

ところで日本国民にとって天皇とは何か、天皇とはどういう存在なのでしょうか。

もちろん、『日本国憲法』の第1章は「天皇」からはじまり、その第1条には「象徴《しょうちょう》」と規定されていることは日本国民の皆《みな》が知るところです。原文を記せばこうなっています。

第1条

天皇は、日本国の象徴であり日本国民統合の象徴であって、この地位は、主権の存する日本国民の総意に基く

（『日本国憲法』第1章　天皇）

では「象徴とは何か」という話になるとどう答えていいのか、誰も正確にはわからないのではないでしょうか。そもそも「象徴」という言葉の規定自体がわかりづらく、諸外国に類例が見当たらないので比較もできないのです。だから、おおよそ正確なところを知るとなると、歴史、宗教、制度など多角的な面から見る必要があるでしょう。

しかし、「天皇は何をする人か」という疑問には簡単な答えが用意されています。憲法にもその規定があって、また非常に便利なことに宮内庁のホームページでは子供でもわかるように「キッズページ」が設けられ、「天皇の仕事」が列挙されています。そしてこれを分類すれば3つに分けられるのです。

①国事行為（内閣総理大臣の任命、国会召集、衆議院解散、勲章などの授与など）
②公的行為（外国訪問、地方訪問、面会、一般参賀、宮中晩餐《ばんさん》など）
③その他の行為（宮中祭祀《さいし》、伝統の継承《けいしょう》など）

これらの公務を見た場合、一般の人とも接する訪問や面会や参賀を除《のぞ》けば、天皇の仕事のほとんどが宮中での閉《と》じられた空間の中で行われており、外部の目にはさらされていません。しかし、「伝統の伝承」に関してだけは、広く私たち国民もその中身を知ることができるのです。なぜならば、そこでは和歌が詠まれているからです（*注：以下、天皇陛下が詠む和歌を「御製《ぎょせい》」、皇后陛下が詠む和歌を「御歌《みうた》」という）。

天皇皇后両陛下は年頭に「歌会始《うたかいはじめ》」で和歌を披露《ひろう》し合うと共に、それ以外にも、「全国植樹祭」や「全国豊かな海づくり大会」、「国民体育大会」の全国各地の開催地に公的行事として赴《おもむ》いた時、あるいは、国内外の訪問の際に歌を詠んでいます。これらの御製御歌は、広く一般に公開されており、誰でも読めるのです。しかし、御製・御歌を目にしている国民はどれだけいるのでしょうか。おそらくは、和歌を趣味にして新聞の文化欄をよく読む人、そういった人に限られるのではないでしょうか。それではもったいないのではないでしょうか。

両陛下がどんなことに心を寄せ和歌を詠んでいるのかを知ることは、日本の伝統に触《ふ》れることであり、国民が直接に両陛下と「つながる」ツールとして両陛下がその時々で何をどう思われているのかをうかがい知ることもできるのです。また、両陛下の事績《じせき》を知り、その時代の国民に何が起こったのかを振り返る視点にもなります。ですから平成が終わるこの機に改《あらた》めて平成の両陛下の和歌、御製・御歌に触れてみましょう。またそのことが、「日本国民統合の象徴」である「天皇」とは何かについて、身をもって知る機会になると思われます。
編集部は刊行の目的をそう定め、本書を出版することにしました。

本書では平成の30年間の各年ごとに天皇と皇后が詠んだ和歌を一首ずつ選び、何がどう詠まれたのか。そしてその背景として、その年はどういった年で何があったのかを、年表と対比させながら振り返るという構成をとりました。その際に選んだ天皇皇后の御製・御歌は、歌会始の歌ではなく、それ以外の、両陛下が国内外の各地を訪問した際《さい》に現地で詠まれた歌や、大きな出来事があったたびに詠まれたものを選びました。その方が時代の動きと御製・御歌との関係がビビッドに反映されると考えたからです。

さらに、本書では、忙しい皆さんの日常生活での読書時間を考慮し、「30分間で読めて、感じて、30年間の平成時代を振り返る」ことをモットーに編集されております。年表・解説には、最小限の重要な出来事のみを記載《きさい》してあります。また本書解説では文体は「である」調で統一し、可読性を高めるために「算用数字」で表記しました。

なお、本書掲載の御製御歌は宮内庁のホームページ（http://www.kunaicho.go.jp/page/outa）で公開され、両陛下のすべての作品を閲覧《えつらん》できます。

繰り返しますが、平成最後の本年4月1日、憲政史上初となる天皇退位にともなう改元の新元号が発表されました。「令和」はすでに周知の通り、出典は、国書の『万葉集《まんようしゅう》』を典拠《てんきょ》としています。

7世紀後半から8世紀後半にかけて編《あ》まれた『万葉集』は日本最古の和歌集です。そこには天皇や貴族だけでなく、下級官吏や防人《さきもり》などさまざまな身分の人々が詠んだ歌が4500首以上も収録されています。そして『万葉集』の巻頭は第21代の雄略《ゆうりゃく》天皇の御製（長歌）からはじまります。

籠《こ》もよ　み籠持ち　掘串《ふくし》もよ　み掘串持ち　この丘に　菜摘《なつ》ます児《こ》　家聞かな　名告《なの》らさね　そらみつ　大和《やまと》の国は　おしなべて　われこそ居《お》れ　しきなべて　われこそ座《ま》せ　われこそは　告《の》らめ　家をも名をも

（『万葉集』巻一―一）

「この丘に菜を摘んでおられる娘よ。家と名前を申せ」と、堂々たる体格で髭《ひげ》をたくわえた大和の王者が娘を見そめて名前と家を聞く場面が詠まれています。つまり、これは「求婚の歌」なのです。

しかし『万葉集』ではこれを「御製」としているものの、後世では天皇が実際に詠んだ歌とは考えられておらず、農耕を営む共同体の中で詠まれた伝承歌だろうと見られています。結婚は子孫を繁栄させることで、農耕社会でこれを詠むことは五穀豊穣《ごこくほうじょう》を約束することを意味する。そういった歌なのだろうと解釈されているのです。

こうした考え方を支えているのが、日本の「言霊信仰《ことだましんこう》」です。万葉時代の人々は、「言葉はそれを発することで霊力《れいりょく》が宿《やど》り、威力を発揮することができる」そう信じていたのです。そして日本の和歌は『万葉集』を日本人の精神のルーツとして歌い継《つ》がれてきました。だから日本の和歌には、その時代時代の人々の心のあり様だけではなく、その移り変わりも記録されているのです。

つまり「天皇の御製」とは、言霊の幸《さき》はふ国、日本の精神文化のルーツを後《のち》に伝えるものであり、時代を映《うつ》す鏡でもあるのです。

それなら日本人として読んでみようじゃありませんか。

平成31（2019）年4月19日

ベストセラーズ書籍編集部

天皇皇后両陛下の歌から読む平成史●目次

写真協力　朝日新聞社／毎日新聞社／産経新聞社／アフロ／ＰＩＸＴＡ（ピクスタ）
本文構成　横関寿寛

第一部

両陛下と国民が心を通わせた平成三〇年のあゆみ

第一章

平成二年〜一〇年 即位とバブル・冷戦の終焉

1990（平成2）年即位の礼を控えて、即位後、初の天皇皇后両陛下の正装姿。天皇陛下は燕尾服に大勲位菊花章装飾を胸にされ、皇后陛下はローブモンタントにティアラ、勲一等宝冠章を胸に付けられている

（宮内庁提供／毎日新聞社）

平成2年（1990年）

大嘗祭

父君のにひなめまつりしのびつつ
我がおほにへのまつり行なふ

天皇陛下

御即位を祝して

ながき年目に親しみしみ衣《ころも》の黄丹《に》の色に御代の朝あけ

皇后陛下

昭和64（1989）年1月7日、実父である昭和天皇が崩御したことで、皇太子明仁《あきひと》親王が天皇陛下に即位、皇位を継承し、第125代天皇になると同時に改元が行われ、平成の世がはじまった。平成元（88）年にも天皇は歌を詠んではいるが、歌会始が中止されたこともあり、宮内庁から御製は公表されていない。

宮内庁が公表しているものとしては、翌年11月12日に即位の礼、11月22日に大嘗祭《だいじょうさい》を迎えた平成2（90）年からになるが、この年の御製としては右の歌を取り上げたい。天皇が大嘗祭に際して詠まれた一首と皇后が天皇の御即位を祝して詠んだ歌だ。

大嘗祭は天皇が即位後に初めて行う新嘗祭《にいなめさい》のこと。つまり、即位後に行う最初の祭祀《さいし》に当たる。激動の昭和が終わりを告げ、御代が平成へと変わる中に行われた大嘗祭。もちろん陛下におかれては万感《ばんかん》の思いをもって臨《のぞ》んだに違いない。そして歌では逝去《せいきょ》した実父を偲《しの》ぶ心情が詠まれている。

一方、即位にあたって皇后が詠んだ御歌からは、天皇への心情が伝わってくる。黄丹《おうに》は皇太子が儀式に着用する装束の色。平成2（90）年1月23日、朝が明けると同時に、御代も明けた。

そして、日経平均株価の下落（バブル崩壊前夜）、東西ドイツの統一（東西冷戦の終結）といった激動の中《なか》、平成の世ははじまった。

平成2年　1990年

1月7日	フジテレビで『ちびまる子ちゃん』が放送開始
1月13日	第1回大学入試センター試験実施
1月18日	長崎市の本島等市長が銃撃され、重傷
2月14日	ローリング・ストーンズが東京ドームで初来日公演
2月21日	日経平均株価が1日で1,164円下がり、終値が3万5,734円に
3月17日	横綱・千代の富士が大相撲史上初の通算1000勝達成
6月8日	サッカーワールドカップのイタリア大会開幕（優勝は西ドイツ）
6月29日	礼宮文仁親王が川嶋紀子さんと結婚。秋篠宮家を創設
8月2日	イラクがクウェートへ侵攻（湾岸戦争へ）
9月5日	韓国と北朝鮮、分裂後初の両国首脳会談
10月1日	日経平均株価が一時2万円を割る（バブル崩壊）
10月3日	東西ドイツが統一
11月12日	今上天皇即位の礼が挙行される
11月17日	長崎県の雲仙普賢岳が198年ぶりに噴火活動
11月22日	即位に伴い、大嘗祭が行われる
12月2日	TBS記者の秋山豊寛がソ連のソユーズで日本人初の宇宙飛行

◉二つの国民的番組、『ちびまる子ちゃん』と『渡る世間は鬼ばかり』が相次いでスタート。『ちびまる子ちゃん』は新語・流行語にもなった。逆に終わったのが『平成名物TVいかす!! バンド天国』。たま、BEGINなど、この番組から数々のバンドが誕生した

◉91年〜93年までのバブル崩壊前夜のこの年、日本社会が大きく後退しようという時、世界も東西冷戦時代を終える動きが続いた

◉ベストセラーは二谷友里恵『愛される理由』

平成3年（1991年）

雲仙岳噴火

人々の年月かけて作り来し
なりはひの地に灰厚く積む

天皇陛下

立太子礼

赤玉の緒《を》さへ光りて日嗣《ひつぎ》なる皇子《みこ》とし立たす春をことほぐ

皇后陛下

長崎県の雲仙普賢岳《うんぜんふげんだけ》が約２００年ぶりに噴火活動を再開したのが、平成２（１９９０）年11月のこと。平成３（91）年に入っても噴火を拡大し、６月３日に発生した火砕流《かさいりゅう》は大規模な人的被害をもたらした。これを受け、両陛下は７月10日に行われた行幸で被災地を見舞った。御製はその時に詠んだものだ。皇后もその時の模様を「雲仙の人々を思ひて」との御歌に詠んでいる（「火を噴ける山近き人ら鳥渡るこの秋の日日安《やす》からずゐむ」）。

平成は多くの国民が自然の猛威の犠牲となる未曾有《みぞう》の「災害」に見舞われた時代だったと総括できる。平成７（95）年の「阪神・淡路大震災」、平成23（２０１１）年の「東日本大震災」という二つの巨大震災はいうに及ばず、大きな災害が多発した。そして災害が起きるたびに両陛下は被災地へ慰問《いもん》に訪れることになるが、この雲仙普賢岳への旅が、被災地の旅の始まりだった。その旅とは、被災地を見舞い、悲しむ国民を前にひざまずき、励《はげ》まし、慰《なぐさ》め、祈《いの》るもので、その姿こそ私たちの記憶に残ることになる。

世界を見渡せば、激動の歴史的転換期を迎えていた。１月には湾岸戦争が勃発。多国籍軍がイラクへ空爆を開始した。前年の東西ドイツの統一を皮切りに東西冷戦時代が終わりを迎え、12月、ゴルバチョフ大統領の辞任をもってソビエト連邦が崩壊。国内ではバブル経済は本格的な終焉を迎え、その歪《ゆが》みが経済犯罪の形をとって顕在《けんざい》化した。元号が平成に変わっただけではなかった。時あたかも同じくして国内外を問わず世界は確実に変わろうとしていた。

平成3年　1991年

1月17日	多国籍軍が前年にクウェート侵攻をしたイラクを空爆して湾岸戦争勃発
2月9日	福井県の関西電力美浜原発で原子炉が停止する事故発生
4月1日	東京都庁が千代田区から新宿区西新宿に移転、新庁舎開庁
4月1日	日本初の衛星放送局「WOWOW」が本放送開始
4月26日	自衛隊がペルシャ湾に初の海外派遣
5月15日	「ジュリアナ東京」が芝浦にオープン
6月20日	4大証券（野村、大和、日興、山一）で大口投資家への損失補填発覚
7月11日	『悪魔の詩』を翻訳した筑波大学教授が大学内で殺害される
7月31日	アメリカとソ連の間で第一次戦略兵器削減条約が調印される
9月9日	アイドルグループ「SMAP」がCDデビュー
9月26日	両陛下、タイなど即位後初の外遊
10月14日	ミャンマーのアウンサン・スーチーがノーベル平和賞受賞
10月23日	秋篠宮紀子さまが長女・眞子さまを出産
12月25日	ソ連が崩壊し、ゴルバチョフが大統領辞任

●バブルは崩壊したものの、テレビにはお立ち台でワンレン・ボディコンで羽扇子を振る「ジュリアナ東京」スタイルの女性が多く映し出され、世間はまだ甘い夢の中だった
●NTTドコモ設立。携帯電話の「小型化」が進む
●大学生が200万人を突破。誰でも学士になれる時代へ
●テレビでは『東京ラブストーリー』、『101回目のプロポーズ』のいわゆるフジテレビの「月9ドラマ」全盛
●超人気タレント宮沢りえのヌード写真集が話題に
●流行語はチャーリー浜の「じゃあ〜りませんか」

平成4年（1992年）

第二十五回オリンピック競技大会

日の本の選手の活躍見まほしく
朝のニュースの画面に見入る

天皇陛下

初孫

春の光溢るる野辺の柔かき草生《くさふ》の上にみどりごを置く

皇后陛下

御製はこの年に開催された「バルセロナオリンピック」のことを詠んだもの。こうした歌を読むと、当たり前の話だが、皇居の中でも一般の国民と同じ生活があり、皇族の方々も同じく日本人選手の活躍に心躍《おど》らせながらテレビ観戦をするのだということがわかりほほえましさを覚える（ちなみに2月には「アルベールビルオリンピック」も開催されており、夏季・冬季オリンピックの同年開催はこの年が最後となった）。

この大会での主な日本人金メダリストは、競泳女子平泳ぎ200メートルの岩崎恭子、柔道男子71キロ以下級の古賀稔彦と78キロ以下級の吉田秀彦。国外では、カール・ルイス（アメリカ、走り幅跳び）、アレクサンドル・カレリン（ロシア、レスリング）などの年配者にとっては懐《なつ》かしい名前が並ぶ。果たして陛下は、当時若干《じゃっかん》14歳の少女だった岩崎恭子がメダルを獲得した時に残したあの名言、「今まで生きてきた中で、一番幸せです」という言葉をどう聞いたのだろうか。

一方、皇后は10月23日に誕生した秋篠宮家の長女・眞子《まこ》さまの誕生を御歌で詠んでいる。天皇家を母親として預《あず》かる存在として、また、一家の中では祖母の存在として初孫の誕生は当然嬉《うれ》しいものだ。その喜びと赤児誕生のみずみずしさを詠んだ歌だということが伝わってくる。同月には歴代の天皇として初めて中国を訪問している。

平成4年　1992年

2月8日	アルベールオリンピック開幕
2月14日	東京佐川急便事件で同社前社長の渡辺広康らを逮捕
3月14日	東海道新幹線「のぞみ」運転開始
4月13日	テレビ朝日で『クレヨンしんちゃん』放送開始
4月25日	ロック歌手の尾崎豊が肺水腫のため26歳で死去
4月27日	ユーゴスラビア社会主義連邦共和国解体
5月7日	前・熊本県知事の細川護煕が「日本新党」結成
5月22日	映画監督の伊丹十三が暴漢に襲われ重傷
7月28日	『サザエさん』著者の漫画家・長谷川町子に国民栄誉賞
8月27日	東京佐川急便から5億円を受領していた 金丸信が自民党副総裁辞任
9月12日	日本人初のスペースシャトル飛行士・毛利衛が宇宙へ
9月17日	海上自衛隊がカンボジアに向けて出発 PKOで初の海外派遣
10月23日	天皇皇后両陛下が初の中国訪問
11月3日	アメリカ大統領にビル・クリントン(民主党)が当選
11月26日	東京佐川急便事件で竹下登元首相を証人喚問

●映画『ミンボーの女』が上映。政治と金の問題も噴出。バブルの暗黒面が徐々に世相にも現れるようになる
●中学2年生の金メダリスト岩崎恭子に日本中が熱狂
●長寿高齢化時代の「きんさん・ぎんさん」ブーム
●『週刊朝日ジャーナル』休刊。論壇誌が凋落へ
●夏の甲子園で星稜の松井秀喜が5打席連続敬遠となる
●テレビでは「進め!電波少年」がスタート。ドラマ『ずっとあなたが好きだった』でマザコン男の「冬彦さん」が話題となった
●福岡のご当地鍋「もつ鍋」が全国的ブームとなる

平成5年（1993年）

沖縄平和祈念堂前

激しかりし戦場《いくさば》の跡眺むれば
平らけき海その果てに見ゆ

天皇陛下

東宮の婚を祝ひて
――兼題「青葉の山」――

たづさへて登りゆきませ山はいま木々青葉してさやけくあらむ

皇后陛下

平成の両陛下ほど国内外の各地を丹念《たんねん》に歩いた天皇はいないという。30年間で地球を15周半もできる距離を移動したとされる。中《なか》には戦争による因縁《いんねん》浅からぬ土地も含まれるが、この年の4月に訪れた沖縄の地はその最たるものの一つで、かつ、天皇が訪問に特にこだわった場所でもある。

天皇が即位後に沖縄を訪れたのはこれが初。昭和50（1975）年の皇太子時代に訪れた際には、献花に訪れた「ひめゆりの塔」の前で、過激派から火炎ビンを投げつけられる「事件」が起こった。歌は、そうしたあらゆる歴史的背景と向き合って詠んだ記念碑的な御製といってもいいのではないだろうか。

新たな出発といえば、6月には皇太子と小和田雅子さまのご成婚があった。皇后の御歌はもちろんこの時の喜びのことを詠んだものだ。

国内の動きとしては、8月に非自民の細川護熙《もりひろ》内閣が発足。バブルの後遺症で政治とカネの問題が噴出し、時の宮澤喜一内閣が政治改革を成し遂《と》げられないまま6月に「嘘つき解散」と呼ばれた解散に打って出た結果だが、これにより「55年体制」は崩壊した。12月に田中角栄元首相が死去したのも、「金権」政治からの脱却を象徴するような出来事といえる。

5月に日本に初めてのプロサッカーリーグの「Jリーグ」が開幕したこの年、1月にはハワイ出身の曙《あけぼの》が横綱に昇進し、初の外国人出身横綱となっている。

平成5年 1993年

1月13日	中学生のいじめによる「山形マット窒息死事件」発生
1月19日	皇室会議で皇太子徳仁親王と小和田雅子さんの婚姻が決定
1月27日	ハワイ出身の曙が大相撲初の外国人横綱に
2月3日	『NHKスペシャル 奥ヒマラヤ禁断の王国ムスタン』でのやらせ発覚
3月6日	元自民党副総裁の金丸信が脱税で逮捕
3月12日	北朝鮮が核拡散防止条約からの脱退を表明
4月23日	天皇皇后両陛下が即位後初の沖縄訪問
5月15日	Jリーグ開幕
5月18日	マイクロソフトが「Windows3.1」日本語版を発売
6月9日	皇太子徳仁親王、小和田雅子さまご成婚
8月9日	非自民・非共産連立政権の細川護熙内閣発足 「55年体制」の崩壊
10月26日	JR東日本が上場
10月28日	サッカー日本代表がW杯出場を逃す(ドーハの悲劇)
12月16日	田中角栄元首相が死去
12月25日	フリーアナウンサーの逸見政孝が胃がんで死去(48歳)

●東京の石神井川で「矢ガモ」発見。一大騒動に
●お米の大不作による「タイ米」大量輸入するも普及せず
●空前のサッカーブーム。Jリーグ開幕。10月には「ドーハの悲劇」があって、サッカーに沸いた年だった。新語・流行語大賞も「Jリーグ」に。三浦知良はいまだに現役
●失われた10年での不景気感を受けてか、中野孝次の『清貧の思想』の「清貧」という言葉が流行語に。五木寛之の『生きるヒント』、遠藤周作の『深い河』といったシリアスな作品がベストセラーとなった

平成6年（1994年）

一年を顧みて

豊年《とよとし》を喜びつつも暑き日の
水足らざりしいたづき思ふ

天皇陛下

植樹祭会場　兵庫県村岡町

高齢化の進む町にて学童の数すくなきが鼓笛を鳴らす

皇后陛下

平成6（1994）年は、日本各地で春から少雨の傾向にあり、梅雨《つゆ》の時期であっても降雨は例年の半分以下を記録していた。さらに7〜8月にかけては記録的な高温の日々が続いて、後《のち》に「平成6年渇水《かっすい》」と呼ばれる年となった。

これを受け天皇は、渇水で困る人々が多くいるだろうことを憂《うれ》い、御製にして詠んだ。それが後には当時の庶民生活を偲ばせる「資料」として、記録的価値となることもある。

皇后の御歌でもそれはいえる。日本が今後、先進国の中でも未曾有の「超高齢化社会」に突入することで、国家財政や社会保障システム含め、将来的な危機が叫《さけ》ばれるが、そもそも「少子化」という言葉が使われはじめたのがこの時期に当たる。『広辞苑（第5版）』に「少子化」の言葉が登場したのが平成10（98）年から。そして語の説明では、「平成4（92）年の『国民生活白書』で使われた語」としている。

この年は大学生の就職難が社会問題となり、「就職氷河期」に突入した。バブル崩壊がいよいよ若者の人生の選択まで色濃く浸透《しんとう》してきた結果だ。一方で、ポケベル加入者が1000万人にも達し、どこにいても会社につながれている状態がつくり出された。

6月にはオウム真理教による「松本サリン事件」が発生し、政治の舞台では細川護熙から羽田孜《つとむ》、村山富市へとそれぞれ半年ももたずに1年間で3人の首相が交代し、社会が安定しない中、とりわけ若者の間で不穏《ふおん》な空気が漂《ただよ》うようにもなった。

平成6年　1994年

2月4日	種子島宇宙センターでH-IIロケットの打ち上げ成功
2月12日	天皇皇后両陛下「慰霊の旅」を硫黄島からはじめられる
2月12日	リレハンメルオリンピックで荻原健司ら連覇（団体）
3月24日	小選挙区比例代表並立制の選挙改正法案可決
3月21日	ロス疑惑事件の三浦和義に殺人罪での無期懲役判決
5月10日	ネルソン・マンデラが南アフリカ共和国初の黒人大統領に
6月2日	「自・社・さ」連立政権による村山富市内閣誕生
6月27日	オウム真理教による「松本サリン事件」発生
7月8日	初の女性宇宙飛行士・向井千秋がシャトルで宇宙へ
7月8日	北朝鮮の金日成主席が死去
8月2日	ビートたけしが酒気帯び運転でバイク事故
8月31日	ジュリアナ東京が閉店
9月4日	関西国際空港開港
9月20日	オリックスのイチローが史上初の1シーズン200本安打を記録
10月13日	大江健三郎がノーベル文学賞受賞
12月29日	秋篠宮家の次女、佳子さまご誕生

●「同情するなら金をくれ」が流行語となったドラマ『家なき子』で家庭内暴力、幼児虐待が問題化されはじめた
●元祖「キラキラネーム」の先駆けともなった「悪魔ちゃん」命名が社会問題化。時を経てキラキラネームは日常化。今や逆に子供が自力で「改名」に挑む世代が現れる
●「就職氷河期」世代の出現。バブル崩壊の煽りを受け、非常に厳しい就職戦線となる。現在の35歳から45歳の層で両親定年70代、本人無職で40代という共倒れの危機が懸念されているが、その端緒ともなった現象である

平成7年（1995年）

阪神・淡路大震災

なゐをのがれ戸外に過す人々に
雨降るさまを見るは悲しき

天皇陛下

五月　広島を訪ひて

被爆五十年広島の地に静かにも雨降りそそぐ雨の香のして

皇后陛下

御製・御歌を見ればわかる通り、平成7（1995）年は6434人もの犠牲者を出した「阪神・淡路大震災」が起きた年であり、戦後50年を迎えた年でもあった。両陛下はそれぞれにこの二つの出来事につき歌を詠んでいる。

これだけでも記憶に残る年になるはずだったが、この年は平成の中でも特筆すべき激動の1年となった。

3月には「地下鉄サリン事件」が発生。戦後最大級の無差別殺人テロであると同時に、都市部で化学兵器が使用された事件として世界的にも衝撃を与えた。9月にはフランスが南太平洋上で核実験を強行し、12月には高速増殖炉「もんじゅ」でナトリウム漏れの事故を起こし、相変わらず核に対する脅威を感じさせる出来事が続く。

戦後50年を迎えた8月15日に「村山談話」が発表されて過去の清算が図《はか》られる一方、直後の9月に沖縄で米兵による事件・事故が連続して起こり、戦後体制がもたらすマイナス面も再浮上した。7月には戦後の未解決事件として記録に残る東京・八王子の「ナンペイ事件」が起こって、サリン事件とあわせて犯罪の凶悪化の一途《いっと》を感じさせる。

一方で、スポーツの分野では新たな局面が到来しようとしていた。プロ野球「近鉄バファローズ」の野茂英雄投手の大リーグへの挑戦だ。野茂の遺伝子はイチローに受け継がれ、イチローの物語が平成の最後に終わりを迎えるのは後のことだ。

平成7年 1995年

1月9日	近鉄の野茂英雄が大リーグ挑戦を表明
1月17日	「阪神・淡路大震災」が発生。死者6434人
2月22日	ロッキード事件で檜山廣丸紅元会長らの上告棄却 田中元首相の有罪確定
3月20日	オウム真理教による「地下鉄サリン事件」発生。13人が死亡
3月30日	國松孝次警察庁長官狙撃事件が発生
4月9日	青島幸男が東京都知事に、横山ノックが大阪府知事に当選
5月16日	オウム真理教教祖の麻原彰晃こと松本智津夫を逮捕
7月26日	天皇皇后両陛下が戦後50年で長崎・広島(27日)をご慰霊
7月30日	八王子スーパー強盗殺人事件(ナンペイ事件) バイト女子高生など3人が射殺
8月15日	村山談話(戦後50年談話)発表
9月4日	沖縄米兵少女暴行事件が発生
9月5日	フランスが南太平洋上で核実験を強行
11月16日	韓国の盧泰愚・前大統領が逮捕される
11月23日	「Windows 95」が日本での発売開始
12月8日	高速増殖原型炉「もんじゅ」のナトリウム漏洩事故が発生

●女子高生には空前の「プリクラ」ブーム

●「大地震・無差別テロ・パソコン」と、今までの穏やかな「昭和」時代の生活と訣別すべく転換期となった95年、流行語は「無党派」であった。この無党派の「暴走」が21世紀の劇場型政治（ポピュリズム）へとつながる。その端緒となったのが東京の青島幸男、大阪の横山ノック東西の知事がタレント出身であることも平成31年の視点から振り返ると興味深い

●ベストセラーには春山茂雄『脳内革命』、野口悠紀雄『超勉強法』、松本人志『遺書』など

平成8年（1996年）

旧日光田母沢御用邸を訪ねて

疎開せし日光の住処五十年《すみかいそとせ》を
越えたる夏におとなひにけり

天皇陛下

終戦記念日に

海陸《うみくが》のいづへを知らず姿なきあまたのみ霊《たま》国護《まも》るらむ

皇后陛下

昭和20（1945）年8月15日の正午、天皇は皇太子時代に玉音放送を疎開《そかい》先の栃木県奥日光で聞いた。当時、学習院初等科の6年生だった。天皇が日光に疎開したのが昭和19（44）年7月。翌年に戦況が悪化して同市内の別のホテルに移るまでの間に過ごしたのが田《た》母沢《もざわ》御用邸だ。後に御用邸として廃止され、「日光田母沢御用邸記念公園」として開園したこの年、両陛下が来訪した。御製はこの時の感慨《かんがい》を詠んだものだ。御用邸は以前は田母沢御用邸をはじめ、もっとたくさんあった。昭和初期に、世界恐慌や戦争などの影響もあって多くの御用邸が廃止された経緯がある。御用邸にも栄枯盛衰《えいこせいすい》のさまざまな歴史があるのだ。皇后の御歌も終戦記念日を詠まれたものだ。

平成8（96）年はスポーツに沸《わ》いた年だった。7月に行われた「アトランタオリンピック」では、バルセロナオリンピックで銀メダルを獲得していた有森裕子が女子マラソン3位に入り銅メダルを獲得。また大リーグに挑戦して、前年には新人王を獲得していたロサンゼルス・ドジャーズの野茂英雄が、今度はノーヒットノーランを達成した。10月には巨人が大逆転でのセ・リーグ優勝を果たし、監督の長嶋茂雄の「メークドラマ」と有森裕子の「自分で自分をほめてあげたい」という言葉が流行語となった。

また、4月に「Yahoo《ヤフー》! JAPAN《ジャパン》」が開設されてインタネットがスタートしたことは、前年の「Windows《ウインドウズ》95」の日本版発売とあわせて、後の時代を画《かく》する出来事だった。

平成8年　1996年

1月19日	日本社会党が「社会民主党」に改称
2月2日	大和銀行が巨額損失事件により米国から撤退
2月10日	北海道豊浜トンネルで岩盤崩落事故発生
2月12日	国民的歴史小説家の司馬遼太郎氏死去(72歳)
2月14日	羽生善治が史上初の将棋タイトル七冠独占を達成
2月16日	菅直人厚相が「薬害エイズ事件」で血友病患者に直接謝罪
4月1日	「東京三菱銀行」が誕生。「Yahoo! JAPAN」がサービス開始
5月31日	サッカーワールドカップの日韓共催が決定
7月13日	大阪府堺市でO157による集団食中毒が発生
7月26日	住専問題処理で「住宅金融債権管理機構」が発足
9月3日	8月4日に死去した俳優の渥美清(68歳)に国民栄誉賞
9月17日	ドジャースの野茂英雄が日本人初のノーヒットノーラン達成
9月28日	民主党結成(菅直人・鳩山由紀夫の共同代表)
11月23日	バンダイより携帯ゲーム機「たまごっち」が発売。大ブームに
12月5日	広島県の原爆ドームと厳島神社が世界遺産に登録される
12月17日	「在ペルー日本大使公邸占拠事件」発生

●前年から、スピッツが『ロビンソン』などCDの売り上げを伸ばし、この年も「空も飛べるはず」でヒットを続ける。合わせてドラマ『白線流し』もヒット。時代の急速な変化とは裏腹に昔を懐かしむノスタルジーもヒットの要因となった

●不倫も書籍ではブームになった。なんといっても渡辺淳一『失楽園』はドラマ、映画とメディアミックスの成功例として大ベストセラーとなった。林真理子『不機嫌な果実』も多くの女性読者の心をつかんだ

●流行語は長嶋監督の奇跡を生んだ「メークドラマ」

平成9年（1997年）

在ペルー日本大使公邸占拠事件

我が生《あ》れし日を祝ひたる集ひにて
とらはれし人未だ帰らず

天皇陛下

日本海重油流出事故

汚染されし石ひとつさへ拭《ぬぐ》はれて清まりし渚あるを覚《おぼ》えむ

皇后陛下

平成9（1997）年はバブル崩壊後の「失われた10年」の後半部に突入、いよいよ経済システムの大混乱が目に見える形で生《しょう》じはじめた。

年末迫る11月の17と24日、都市銀行の「北海道拓殖銀行」と4大証券の一角だった「山一證券」が相次いで倒産した。4月1日にはやや上向いてきた経済状況を見て、橋本龍太郎首相が消費税を3％から5％に引き上げたばかりだった。この年の経済的混乱により、日本は再び長い不況のトンネルの中を進むことになる。

14歳の「少年A」が引き起こした事件として記憶され、後にまで余波が続く、「神戸連続児童殺傷事件」が起こったのはこの年の2月。女子高生の「援助交際」が蔓延《まんえん》していたこともあり、少年Aが用いて流行語ともなった「透明な存在」という言葉と共に、「若者」についての論争がジャーナリズムの現場で戦われた。

御製で詠んでいる「在ペルー日本大使館公邸占拠事件」は、先年の年の瀬、平成8（96）年12月17日、恒例の天皇誕生日祝賀レセプションが催《もよお》されている最中《さなか》に起こった。当時、日系のアルベルト・フジモリ大統領で、まさに日本だからこそ狙われた事件だった。

御歌は、ロシア船籍のタンカー「ナホトカ号」が1月2日に日本海・島根県隠岐島沖沈没、重油流出事故を詠んだものだが、重油が海岸に漂着したのは1月7日。解決まで4カ月を要した両事件は、日本の先行きを案じる事件となった。

平成9年　1997年

1月2日	島根県隠岐島沖でナホトカ号重油流出事故発生
2月23日	世界初のクローン羊開発の成功が判明
3月19日	渋谷区円山町のアパートで 東京電力職員女性が殺害（東電OL殺人事件）
3月30日	三井三池鉱残が閉山し、124年の歴史に幕
4月1日	消費税が3%から5%に
4月14日	「東京・埼玉連続幼女誘拐殺人事件」の宮崎勤に死刑判決
4月25日	日産生命が戦後初の保険会社破綻
5月18日	今村昌平監督が『うなぎ』で カンヌ国際映画祭のパルムドール受賞
7月1日	香港がイギリスから中国に返還される。
8月1日	連続ピストル射殺事件の永山則夫の死刑執行
8月31日	ダイアナ元イギリス皇太子妃がパリで交通事故死（36歳）
11月16日	サッカー日本代表がW杯フランス大会の初出場を決める
11月17日	都市銀行では戦後初となる「北海道拓殖銀行」が破綻
11月24日	「山一證券」が破綻
12月1日	地球温暖化防止京都会議で「京都議定書」が採択される

●「援助交際」やルーズソックスの流行など、女子高生の風俗が話題に。JK人気は今も昔も変わらない?
●宮崎駿監督の『もののけ姫』が興行収入193億円の大ヒット。今村昌平監督の『うなぎ』がカンヌ国際映画祭のパルムドール、北野武監督の『HANA-BI』がヴェネチア国際映画祭の金獅子賞を受賞し、日本映画が国際的な評価を受ける
●ポケモンのアニメでピカチュウの発光シーンで視聴者が発作を起こして以後、テレビのテロップに「部屋を明るくして離れてみるように」が一般化した

平成10年（1998年）

一九九八年長野オリンピック冬季競技大会

会場に世界の人と共に歌ふ
歓喜の歌は響き渡れり

天皇陛下

サッカー・ワールド・カップ

ゴール守《まも》るただ一人なる任《にん》にして青年は目を見開きて立つ

皇后陛下

両陛下共に世界的スポーツイベントのオリンピックとサッカーワールドカップを御製・御歌で詠まれた。しかも、この時の冬季オリンピックは長野県での自国開催で、サッカーワールドカップのフランス大会では日本代表初のワールドカップ出場と、共に記念すべき大会だった。天皇は長野オリンピックを平和の祭典の観点から詠むと同時に、長野パラリンピックの歌も詠んでいる。

一方の皇后はサッカーワールドカップを、ゴールキーパーに着目して詠んでいる。ワールドカップでゴールマウスを守ったのは、当時まだ若干22歳の川口能活《よしかつ》。日本は予選リーグで敗退したが、彼の奮闘する姿に日本人の若者の未来を感じたのかもしれない。

スポーツの話題はまだ続く。6月には弟から遅れること3年を経《へ》て若乃花が横綱に昇進し、史上初めての兄弟横綱が誕生する。8月には夏の甲子園決勝で横浜高校の松坂大輔が京都成章を相手にノーヒットノーランを達成すると共に春夏連覇を成し遂げた。

また、同年は「日本版金融ビッグバン」がスタートし、お金にまつわる不祥事も多かった。

2月には新井将敬衆議院議員が「日興証券」から利益供与を受けていたと疑われる中、自殺。6月に金融監督庁が発足して金融行政の改組が行われるが、10月には「日本長期信用銀行」が、12月には「日本債券信用銀行」が立て続けに破綻して、金融問題は前年から相次いでいる。

平成10年　1998年

2月7日	長野オリンピック開幕。清水宏保、里谷多英、ジャンプ団体で金
2月19日	「日興証券」から利益供与を受けたとされた 新井将敬衆議院議員が自殺
3月2日	山一證券元会長の行平次雄を粉飾決算の容疑で逮捕
3月6日	奈良県明日香村のキトラ古墳で東アジア最古の天文図発見
4月5日	明石海峡大橋開通とともに、神戸淡路鳴門自動車道も全通
6月10日	サッカーW杯フランス大会。日本は予選敗退（優勝はフランス）
6月22日	「金融監督庁」が発足
7月4日	日本初の火星探査機「のぞみ」の打ち上げに成功
7月25日	「和歌山毒物カレー事件」で4人が死亡
9月19日	スカイマークエアラインズの 羽田・福岡間運航開始（35年ぶり新規参入）
10月1日	9月6日に死去した映画監督の黒澤明（88歳）に国民栄誉賞
10月8日	金大中韓国大統領が来日し日韓共同宣言が採択
10月23日	「日本長期信用銀行」が経営危機の末に破綻
11月26日	中国国家主席の江沢民が訪日し、日中共同宣言
12月14日	「日本債券信用銀行」が破綻

●長野冬季オリンピックで日本人選手が活躍。特にスキージャンプは「日の丸飛行隊」と呼ばれた
●黒澤明、淀川長治の日本映画界を支えた人物が相次いで逝く
●大手金融機関が相次いで潰れる時代ゆえか、年間自殺者数が前年より8000人も増加して3万人を超えた
●音楽CD、ビデオ・写真のフィルム類の売り上げが過去最高を記録。この後、急速な下り坂となる
●「ハマの大魔神」が流行語に。音楽はSMAPの「夜空ノムコウ」が流行った

皇室のあゆみ①

平成2(1990)年➡平成10(1998)年

平成5(1993)年6月9日、皇太子徳仁親王が小和田雅子さまと結婚。パレードに出発する皇太子さまと純白のローブデコルテで髪に宝冠と艶やかなお姿の雅子さま(朝日新聞社)

平成元年　1月7日、皇太子明仁親王が第125代天皇に即位
美智子さまが皇后に
1月8日、新元号は「平成」と決まる
2月24日、昭和天皇の「大喪の礼」

平成2年　6月29日、礼宮文仁親王が川嶋紀子さまと結婚

平成3年　10月23日、秋篠宮夫妻に眞子さま誕生

平成4年　10月23日、日中国交正常化20周年で両陛下初の中国訪問

平成5年　6月9日、皇太子徳仁親王と小和田雅子さまが結婚
10月20日、美智子皇后が59歳の誕生日に倒れる

平成6年　12月29日、秋篠宮夫妻に佳子さま誕生

平成7年　7月26日、両陛下は戦後50年の「慰霊の旅」で
長崎・広島・沖縄を訪問

第二章

平成一一年〜二〇年
平和への祈念と慰霊の思い

2007（平成19）年5月29日、エリザベス女王主催の晩餐会が行われるロンドンのバッキンガム宮殿の玄関で女王と話す天皇皇后両陛下。両陛下は訪欧のご日程の最後に英国を訪れた

（朝日新聞社）

平成11年（1999年）

結婚四十周年に当たりて

四十年《よそとせ》をともに過しし我が妹《いも》と
あゆむ朝《あした》にかいつぶり鳴く

天皇陛下

結婚四十年を迎えて

遠白《とほしろ》き神代の時に入るごとく伊勢参道を君とゆきし日

皇后陛下

平成11（1999）年は即位から10周年にあたり、両陛下の結婚40周年に当たる。平成の両陛下ほど互いへの信頼・思いを「相聞歌《そうもんか》（恋の歌）」として詠んだ天皇はいないのではないかといわれるが、これはその相聞歌だ。

御製にあるカイツブリとは小型の鳥の名前。『万葉集』の時代から繰り返し詠まれてきたもので、もちろん皇居にも生息しており、東御苑周辺の濠《ほり》でよく観察できる。長く潜って魚を捕獲するので、「息の長い」といった意味合いも込められたのだろう。

皇后は一般家庭から皇室に入った人物だ。天皇の結婚・「大婚《たいこん》」に当たっては、両名が伊勢神宮に結婚を報告する「神宮に謁《えっ》するの儀」が行われる。つまり、伊勢神宮の参道を2人で歩くことはすなわち「入内《じゅだい》」するということだ。その時のことを「君とゆきし」と詠んでいるのは、大きな信頼感の現れといえる。

この年、前年から続いていた金融業界の迷走とその一つの帰結として、第一勧業・富士・日本興業の3銀行の統合が図《はか》られる（現「みずほ銀行」）。現在の3大メガバンク時代の嚆《こう》矢《し》となる動きだった。

「携帯電話」と「PHS」の加入台数が5000万台を突破し、携帯電話番号は11桁になる。後のスマホ時代はまだ先だが、この時同時に、後の「AI時代」を予感させる、ソニーが開発した犬型ロボットの「AIBO《アイボ》」が発売されている。

平成11年　1999年

1月1日	欧州連合(EU)加盟11カ国で単一通貨「ユーロ」導入
1月31日	全日本プロレス社長のジャイアント馬場が死去(61歳)
2月1日	「中央公論社」が経営権を読売新聞社に委譲し、子会社となる
2月22日	NTTドコモが「iモード」サービスをはじめる
3月3日	日銀が「ゼロ金利」政策実施
4月1日	日本が「米」を関税化し、市場を開放
4月11日	石原慎太郎が東京都知事選で勝利し都知事に
4月14日	「光市母子殺害事件」が発生
4月20日	アメリカコロラド州の高校で13名射殺(コロンバイン事件)
5月24日	「周辺事態法・防衛指針法(日米新ガイドライン法)」が成立
6月23日	「男女共同参画社会基本法」が成立
8月12日	「組織犯罪対策三法」が成立
9月30日	茨城県東海村の核燃料施設JCOで臨界事故が発生
10月26日	「桶川ストーカー殺人事件」が発生
10月28日	王貞治監督の福岡ダイエーホークスが初の日本一に輝く
11月10日	国会で初の「党首討論」が行われる

●90年代に渋谷を中心に流行っていた「コギャル」文化が変質し、ついには「ヤマンバ」が出現するように

●iモードサービスの開始もあって、携帯電話・PHSの加入台数が5000万台を突破

●「リベンジ」(松坂大輔)、「雑草魂」(上原浩治)と、野球に関する言葉が流行語に。「平成」オジさんこと小渕恵三首相がたくさんの著名人にいきなり電話をしたことから、「ブッチホン」という言葉も流行語に

●GLAYがライブで20万人を動員、有料ライブの世界記録に

平成12年（2000年）

三宅島噴火

火山灰ふかく積りし島を離《はな》れ
人らこの冬をいかに過さむ

天皇陛下

草道

幼な児の草ふみ分けて行きし跡けもの道にも似つつ愛《かな》しき

皇后陛下

両陛下が被災地を見舞う旅は平成２（１９９０）年の雲仙普賢岳の被災地訪問からはじまったが、この年は三宅島で同じ火山噴火が発生し、やはり被災地を見舞い、歌を詠んでいる。

２０００年代がスタートしたこの年は、いろいろな出来事が重なった年でもあった。

２月には、昭和の事件史を彩《いろど》った大事件の一つである「グリコ・森永事件」が犯人が逮捕されないまま時効を迎えた。11月には、「ハーグ事件」で国際指名手配になっていた「日本赤軍」最高幹部の重信房子が大阪で逮捕された。共に、昭和が遠くなったことを実感させられる出来事だ。

４月には小渕恵三首相が脳梗塞で倒れ、やがて帰らぬ人となった。病気による現役首相の交代は、昭和55（80）年６月に急逝《きゅうせい》した大平正芳以来20年ぶりのことだった。その小渕首相が生前に注力していたものの出席が叶《かな》わなかったのが７月に行われた「九州・沖縄サミット」だったが、サミットに先立っては首里城の守礼門が印刷された２０００円紙幣が発行された。

１月には「新潟少女監禁事件」が発覚し、５月には「西鉄バスジャック事件」、６月には「岡山金属バット母親殺害事件」と17歳の少年犯罪が続いた。平成時代の「記憶」に刻まれた事件が立て続けに起こっており、中でも、難事件のひとつ、「世田谷一家殺害事件」が年の瀬の年の12月30日に起こった。父母と子供の４人家族が何者かの手によって惨殺された凄《せい》惨《さん》なこの事件は、平成を越えて次の時代へと捜査は続けられていく。

平成12年 2000年

1月28日	「新潟少女監禁事件」が発覚。約9年間にわたる監禁が判明
2月13日	「グリコ・森永事件」が時効
4月2日	小渕恵三首相が脳梗塞で倒れ、緊急入院（5月14日、死去）
5月3日	17歳の少年による「西鉄バスジャック事件」。6人死傷
5月7日	ウラジミール・プーチンがロシア大統領に就任
6月1日	「大規模小売店舗立地法（大店法）」が施行
6月13日	朝鮮半島の分断後55年で初の南北首脳会談が実現
6月16日	皇太后（香淳皇后）崩御（97歳）
6月21日	17歳の少年による「岡山金属バット母親殺害事件」が発生
6月29日	「雪印集団食中毒事件」が発覚
7月21日	「九州・沖縄サミット」が開催
9月24日	シドニーオリンピックで女子マラソンの高橋尚子が金メダル
11月8日	「日本赤軍」最高幹部の重信房子が大阪で逮捕
11月24日	ストーカー規制法施行
12月1日	イチローが大リーグ「シアトル・マリナーズ」入団
12月30日	「世田谷一家殺害事件」が発生

●シドニー五輪の女子マラソンで高橋尚子が金メダルを獲得してQちゃんフィーバーに
●日本シリーズで、長嶋・巨人と王・ダイエーのON対決が実現。勝負はミスターが制した
●企業買収が盛んになり、M&Aという言葉が一般化。同時にネット社会が進み、「IT革命」が新語・流行語大賞を受賞
●ジュリアナ・ブームから約10年、今度は「パラパラ」と呼ばれるダンスがブームに
●少年法の罰則年齢が14歳以上に

平成13年（2001年）

アフガニスタン戦場となりて

カーブルの戦《いくさ》終りて人々の
街ゆくすがた喜びに満つ

天皇陛下

七月

外国《とつくに》の風招《まね》きつつ国柱《くにばしら》太しくあれと守り給ひき

皇后陛下

この年最大の出来事はなんといっても「9・11アメリカ同時多発テロ事件」の発生だろう。この事件の以前と以後では、国際政治・経済・社会と世界各国の対テロ政策は大きく様変わりしたといっていい。

この事件を受け、北大西洋条約機構（NATO）は集団的自衛権（条約第5条）を発動し、テロを行ったアルカイーダとその首謀者のウサマ・ビン・ラディンの引き渡しをアフガニスタン側に要求したが、国の9割を実効支配していたタリバーン政権はこれを拒否し続け、結果、アメリカ軍を中心とした連合諸国が10月7日、アフガニスタンに軍事侵攻した。戦闘はアメリカの圧倒的な軍事力を背景に約2カ月ほどで終結、11月13日には首都のカーブルが制圧された。

御製はこれを詠んだもの。歌にあるように、戦闘状態から解放された現地市民は開放感に満たされただろうが、アメリカによる攻撃は、当初発表されていた軍事目標以外にも、誤爆《ごばく》などによって住宅や民間施設にも及び、多数の民間人の命が失われた現実は記憶しておかねばならない。また、戦禍を逃《のが》れるために多くの難民が発生して周辺国に問題が生じたことも同様だ。アメリカの当該政策は後のイラク戦争と併せて問われることになる。

なお、皇后の歌は明治神宮鎮座80周年を詠んだものだが、これは本来は平成12（2000）年に詠まれるべきもので、1年遅れたのは、前年6月の香淳皇后の崩御のためだ。

平成13年　2001年

1月1日	千年紀・21世紀がはじまる
1月30日	ダイエー創業者の中内功が会長職を辞任
2月10日	宇和島水産高校の実習船がアメリカ海軍の原子力潜水艦にハワイ沖で衝突され、9人が死亡（えひめ丸事件）
3月1日	KSD事件で村上正邦元労働大臣が収賄容疑で逮捕
3月31日	大阪市に「ユニバーサル・スタジオ・ジャパン（USJ）」開業
4月3日	「新しい歴史教科書をつくる会」の教科書が中学歴史と公民で検定合格
5月23日	小泉首相が、熊本地裁のハンセン病訴訟での控訴を断念
6月8日	大阪教育大附属池田小児童殺傷事件が発生。児童8人殺害
8月29日	H-IIAロケット試験機1号機が打ち上げ成功
9月1日	新宿区歌舞伎町で雑居ビル火災事件が発生。44人死亡
9月4日	千葉浦安市に「東京ディズニーシー」開業
9月11日	「アメリカ同時多発テロ事件」が発生。3000人以上死亡
9月12日	昭和59（1984）年以来に日経平均株価が1万円を下回る
10月7日	アメリカ軍によるアフガニスタン侵攻開始
12月1日	皇太子ご夫妻の長女、愛子さま誕生

●小泉内閣発足で小泉旋風が巻き起こり、首相が用いた「聖域なき改革」、「改革の痛み」が新語・流行語に
●清水寺の世相を表す漢字に選ばれたのは、「戦」
●ファッションでは、ローライズジーンズ、ロングマフラー姿が流行り、街中でよく見かけられた
●大リーグのシアトル・マリナーズに戦いの場を移したイチローがいきなり大活躍し、新人賞はもちろん首位打者、最多盗塁、ゴールドグラブ賞、MVPなど、あらゆる賞を総ナメにした
●『新しい歴史教科書』がベストセラーに

平成14年（２００２年）

プラハにて

ヴルタヴァの豊けき流れ見し夕べ
プラハ城に聞くスメタナの曲

天皇陛下

夏近く

かの町の野にもとめ見し夕すげの月の色して咲きゐたりしが

皇后陛下

両陛下が地球約15周半の距離を旅で移動したことは前にも触れたが、外国訪問に関していえば、訪問先は即位以来19回28カ国に及ぶ。平成14（2002）年はポーランドとハンガリー（チェコ、オーストリア立ち寄り）を行っている。歌はその時のことを詠んだものだ。

皇后の御歌の「かの町」とは軽井沢のこと。両陛下にとって軽井沢はもちろん馴《な》れ初《そ》めの思い出の土地だ。また皇后にとっての軽井沢は、もちろんまだ正田《しょうだ》姓時代の第二次大戦中の疎開先でもあった。

国際関係ということでいえば、この年は非常に大きな出来事があった。9月17日、時の小泉純一郎首相が北朝鮮を電撃訪問したのだ。

1月には田中真紀子外相の更迭《こうてつ》問題があり、内閣支持率は低下していた中での外交の大きな成果だった。小泉首相は北朝鮮の事実上の国家元首である金正日《キム・ジョンイル》・朝鮮労働党総書記と日朝首脳会談を行い、「日朝平壌宣言」に署名した。さらには、日本人拉致を認めさせ、拉致被害者5人の帰還まで実現した。なぜ会談が実現したかについてはいまだに多くの謎に包まれているが、1月にアメリカのブッシュ大統領が一般教書演説で北朝鮮、イラン、イラクの3国を名指しして「悪の枢軸《すうじく》」と批判した影響が大きい。

学術の成果としては、小柴昌俊、田中耕一の両氏がノーベル物理学賞と化学賞の、日本人初のダブル受賞を果たした。

平成14年　2002年

1月23日	雪印による「偽装牛肉事件」発覚（8月6日には日本ハムでも発覚）
1月29日	田中真紀子外相を更迭
1月29日	ブッシュ米大統領が北朝鮮、イラク、イランを「悪の枢軸」と発言
4月6日	学校が完全週5日制に
5月3日	「朝日新聞阪神支局襲撃事件（赤報隊事件）」の時効成立
5月8日	北朝鮮の亡命者が中国瀋陽の日本国総領事館に 駆け込む事件が発生
5月28日	経団連と日経連が統合し、「日本経済団体連合会」が発足
6月19日	鈴木宗男衆議院議員が収賄容疑で逮捕
6月3日	サッカーW杯日韓大会。日本ベスト16（優勝はブラジル）
9月17日	小泉首相が北朝鮮を訪問。金正日総書記が拉致を認める
10月8日	小柴昌俊・東京大学名誉教授のノーベル物理学賞と 田中耕一・島津製作所社員の化学賞で、初の日本人同年ダブル受賞
10月15日	北朝鮮に拉致された日本人5人が帰国
10月25日	石井紘基・衆議院議員が右翼団体代表に刺殺される
11月14日	アルゼンチン政府が世界銀行向け債務のデフォルトを発表
11月21日	高円宮憲仁親王殿下がご逝去（47歳）

●日韓サッカーワールドカップ開催で列島は熱狂の渦に。日本は初のベスト16に進出。韓国はなんとベスト4!イングランド代表のイケメン選手、デイビット・ベッカムが日本で大人気
●東京千代田区で歩きタバコ禁止条例成立。今後、愛煙家はますます肩身の狭い思いをするように
●多摩川に姿を現したアザラシの「タマちゃん」が連日目撃され、そのかわいらしさで人気者となった
●現在も続くテレビ朝日の人気ドラマ『相棒』がスタート。『ごくせん』も高い視聴率を記録した

平成15年（2003年）

入院の日々に

入院の我を気遣ひ訪《と》ひくれし
思ひうれしく記帳簿を見る

天皇陛下

春

癒えましし君が片へに若菜つむ幸おほけなく春を迎ふる

皇后陛下

年明け早々の1月16日、天皇は東京大学医学部附属病院に入院した。病名は前立腺がん。18日に前立腺全摘出手術が行われ、2月8日に退院する。

両陛下の御製・御歌は共に、この時のことを詠んだもの。天皇は、病気を心配して集まってくれた国民の記帳へ感謝の気持ちを表し、皇后は退院後に天皇と一緒に御所を散歩してつくしを摘む、そのことを「おほけなく」、つまり、畏《おそ》れ多いことだといい、健康の回復を喜んでいる。

さてこの年、世界ではまた大きな戦争が起こった。やはりアメリカを中心とした有志連合によるイラク戦争の開戦だ。戦争は大規模な戦闘が繰り広げられた末に5月には終結宣言が出されたが、その後も戦闘は続行した。行方《ゆくえ》がつかめなかったサダム・フセイン大統領がようやく拘束されたのが12月13日、地方の隠れ家の地下穴に潜伏《せんぷく》しているところだった。

日本はこのイラク戦争に伴い、「イラク人道復興支援特別措置法」に基づいて陸・海・空の自衛隊を派遣する決定を下した。また6月には戦後初の有事法制も成立した（命令が発動されたのは翌年の1月9日、陸上自衛隊の先遣隊派遣）。

1月には北朝鮮が「核拡散防止条約（NPT）」から脱退し、2月には地対艦ミサイルを日本海に向けて発射した。中東は相変わらず21世紀の火薬庫であり続けたが、国際的紛争とその火種は極東にも広がった。

平成15年　2003年

1月10日	北朝鮮が核拡散防止条約(NPT)脱退を宣言
1月29日	朝青龍が第68代横綱に昇進し、モンゴル人初の横綱誕生
2月1日	スペースシャトル「コロンビア」が空中分解で乗員7名全員死亡
3月19日	アメリカとイギリスによるイラク侵攻開始(イラク戦争開戦)
3月24日	『千と千尋の神隠し』がアカデミー賞長編アニメ映画賞を受賞
4月1日	郵政事業庁が日本郵政公社に
4月14日	国際ヒトゲノム計画によりヒトゲノムが解読される
4月25日	六本木ヒルズがグランドオープン
5月9日	小惑星探査機「はやぶさ」の打ち上げ
6月6日	戦後初めての有事法制(有事関連三法)が成立
6月19日	早大サークル「スーパーフリー」の5人が婦女暴行容疑で逮捕
7月1日	「放送倫理・番組向上機構(BPO)」設立
7月20日	九州地方で集中豪雨が発生、死者23人
10月24日	日本道路公団総裁の藤井治芳総裁が解任される
11月29日	イラク北部で日本大使館員が襲われ日本人外交官2人が死亡
12月13日	アメリカ軍がサダム・フセイン元イラク大統領を拘束

●宮崎駿監督の『千と千尋の神隠し』が第75回アカデミー大賞の長編アニメーション部門賞を受賞

●映画界の話題では「シュワちゃん」の愛称でおなじみのアーノルド・シュワルツェネッガーはカリフォルニア州知事に当選

●経済評論家の森永卓郎が著書で述べた「年収300万円」生活が、デフレ社会のキーワードに。ベストセラーは養老孟司『バカの壁』、金原ひとみ『蛇にピアス』

●大相撲で横綱・貴乃花が引退すると同時に朝青龍が横綱に昇進。今後、モンゴル勢の時代に突入した

平成16年（2004年）

新潟県中越地震被災地を訪ねて

地震《なゐ》により谷間の棚田荒れにしを
痛みつつ見る山古志の里

天皇陛下

南静園に入所者を訪ふ

時じくのゆうなの蕾活《い》けられて南静園の昼の穏《おだ》しさ

皇后陛下

被災の惨禍《さんか》で苦しむ人や病気の人を悼《いた》んだ歌は多いが、この御製・御歌もその歌である。10月23日に「新潟県中越地震」が発生した。同地を震源として、マグニチュード6・8、震度7を観測した。震度7は史上2度目で阪神・淡路大震災以来。死者68人、負傷者4805人の大惨事となった。

皇后の御歌は、1月に沖縄県宮古島にあるハンセン病療養所の「南静園《なんせいえん》」を訪問した時のもの。「時《とき》じく」とは「時節でないこと」の意で、昭和50（1975）年に皇后が沖縄の同様の施設を訪れた時に詠んだ歌、「ゆうなの花の蕾《つぼみ》が、まだ蕾には早い時期であるにもかかわらず施設に飾られていたこと」を下敷きにしている。

新潟県の地震以外でもこの年は自然が猛威を振るった年だった。全国的に平均気温が高く、夏は記録的な猛暑となり、埼玉県熊谷で39・2度の全国最高気温（当時）を記録、9月には浅間山も噴火した。

国外でも、12月26日にスマトラ島北西洋沖のインド洋でマグニチュード9・1の巨大地震が発生し、沿岸各国に甚大な被害をもたらし、日本人33人を含む22万人もの死者を出した。

プロ野球界でも大きな動きがあった。「東北楽天ゴールデンイーグルス」による50年ぶりの新規参入球団の誕生と、ダイエーの球団経営撤退で「福岡ソフトバンクホークス」に様変わりした。

平成16年　2004年

1月1日	小泉純一郎首相が靖国神社に元旦参拝
1月9日	自衛隊のイラク派遣開始（陸上自衛隊初の戦闘地域への派遣）
1月12日	山口県内の養鶏場で79年ぶりの鳥インフルエンザの発生
2月4日	ソーシャルネットワークシステムの「Facebook」が開設
3月4日	長嶋茂雄・巨人軍終身名誉監督が脳梗塞で入院
3月24日	中国人活動家が尖閣諸島に上陸、沖縄県警が逮捕
4月8日	イラクで日本人人質事件が発生（15日解放）
5月10日	皇太子が「雅子さまへの人格否定があった」と発言
8月13日	アテネオリンピックで北島康介、野口みずきが金メダル
9月17日	日本プロ野球選手会が史上初のストライキ突入
10月3日	イチロー84年ぶりに年間最多安打記録262本で 大リーグ記録更新
10月23日	新潟県中越地震で震度7の地震が発生。死者68名
11月1日	新紙幣20年ぶり発行。5000円札は樋口一葉、 1000円札は野口英世に
11月2日	楽天イーグルスが50年ぶりのプロ野球新規参入
2月26日	スマトラ島沖地震の大津波で死者・行方不明者30万人以上

◉オリンピックアテネ大会で、水泳の北島康介の発言「チョー気持ちいいい」やレスリングのアニマル浜口・京子親子の「気合だー!」が新語・流行語に
◉同じく新語・流行語に「冬ソナ」。ヨン様ブームと共に韓流ブームの走りとなった。テレビでは『エンタの神様』など、ネタ見せ番組が乱立。お笑いブームが到来した
◉ライブドアのホリエモンこと堀江貴文社長が球団設立によるプロ野球新規参入を目指すなど、ホリエモンは連日連夜、ニュース番組を賑わせた

平成17年（2005年）

サイパン島訪問

サイパンに戦ひし人その様を
浜辺に伏して我らに語りき

天皇陛下

紀宮

母吾《われ》を遠くに呼びて走り来《こ》し汝《な》を抱《いだ》きたるかの日恋ひしき

皇后陛下

平成17（2005）年は終戦60周年に当たる。その6月、両陛下は大戦の舞台となったサイパンを訪問した。サイパンを含むマリアナ諸島を制圧すれば、アメリカ軍はB-29によって日本本土の大部分を爆撃圏内に収めることができる戦略的重要拠点だったため、この地の争いは大戦における再激戦地の一つとなり、多くの日本人非戦闘員までが犠牲となった。現地で両陛下は、浜辺で2人の元兵士からの当時の激しい戦争体験談に耳を傾《かたむ》けた。天皇の御製はその様子を詠んだもの。この訪問は友好親善のものではなく、初めて「慰霊」のみを目的として行われたものだ。

皇后の御歌は、紀宮清子《さやこ》内親王と東京都庁職員の黒田慶樹氏との結婚に際してのもの。嫁《とつ》ぎ行く宮へ寄せる思いは母親ならではの慈愛を感じさせる内容といえる。

平成13（01）年4月26日に小泉政権が発足して以来この間、政界は小泉旋風が席巻していた。そしてこの年は、政権発足前から重要政策として掲げていた「郵政民営化法案」が、ねじれ国会ゆえに参院本会議で否決されたため小泉首相は解散に打って出た。いわゆる「郵政解散」だ。

総選挙では郵政民営化反対候補に「刺客《しきゃく》」を立て、結果、自民党は296議席獲得の大勝を果たした。小泉政治が取った手法は「小泉劇場」と呼ばれ、「刺客」と共に新語・流行語にも選ばれた。「ポピュリズム政治」のはじまりだった。

平成17年　2005年

3月16日	島根県議会で「竹島の日」条例が成立。韓国で反発強まる
4月9日	北京で1万人規模の反日デモが行われ、日本大使館襲撃
4月25日	「JR福知山線脱線事故」。死者107名、負傷者55名
5月6日	日本プロ野球史上初の「セ・パ交流戦」開幕
6月27日	両陛下が太平洋戦争戦没者の慰霊でサイパン島を訪問
7月7日	ロンドン同時爆破事件。死者55名、負傷者1000名以上
7月26日	日本人宇宙飛行士・野口聡一搭乗の「ディスカバリー」の打ち上げ成功
8月8日	第2次小泉内閣が衆議院の解散決定（郵政解散）
10月1日	日本道路公団、高速道路公団が民営化 平成の大合併で50市町村が発足
10月14日	郵政民営化関連法案が成立
10月25日	「皇室典範に関する有識者会議」が皇位継承資格を女性・女系天皇にも拡大することで全会一致
10月26日	沖縄県の米軍普天間飛行場を辺野古地区に移すことで日米両国が合意
11月15日	紀宮清子内親王と都庁職員の黒田慶樹さんがご結婚
11月17日	国土交通省の発表で耐震強度偽装事件が発覚

●小泉総理の政治手法「小泉劇場」が新語・流行語に
●環境省がクールビズを推奨し促進
●映画『電車男』がヒット。同作からネットコンテンツが現実に作品化されるようになる
●この頃から洋菓子やデザートなどを「スイーツ」と呼ぶ表現が用いられるようになった
●2005年の漢字は「愛」。愛知県で「愛・地球博」が開催されたり、卓球の福原愛の活躍が目立ったことなどから
●六本木ヒルズに会社を構える「ヒルズ族」が注目を集める

平成18年（2006年）

孫誕生

我がうまご生《あ》れしを祝ふ日高路《ひだかぢ》の
人々の声うれしくも聞く

天皇陛下

帰還

サマワより帰り来まさむふるさとはゆふべ雨間《あめま》にカナカナの鳴く

皇后陛下

平成18（２００６）年９月６日、皇室において秋篠宮文仁《ふみひと》親王の誕生以来40年９カ月ぶりの皇統男子となる悠仁《ひさひと》親王が生まれた。皇室に限らず、男子の誕生は一般的に喜ばれるものだが、皇統にあたってはそのことが与える意味は一般のケースより大きい。

天皇の御製に日高露とあるのは、この報を受けた時は両陛下は札幌に滞在中で、そのまま襟裳《えりも》岬に向かう途上で多くの祝福を受けたという経緯があってのことだ。

皇后が詠んだ「帰還」は、イラクに人道復興支援で派遣されていた陸上自衛隊がサマワから撤退、７月20日の第１陣以後、次々と帰還を果たしたことを指す。「カナカナ」とはひぐらしの鳴き声だ。

非戦闘地域だったはずのサマワに自衛隊を派遣したことは果たして正解だったのか。後の平成30（18）年、存在していないとされていたはずの現地活動報告（日報）が発見され、そこには「戦闘」や「銃撃」と文字が記されていたことが明らかとなる。

この年には第１回目となる「ワールドベースボールクラシック（ＷＢＣ）」が春に開催された。日本は決勝でキューバ相手に３時間40分の激闘を制し、見事、初代優勝国となった。

同じ野球では、夏の甲子園でハンカチ王子（斎藤佑樹）の早稲田実業とマー君（田中将大）の駒大苫小牧が決勝で対戦、こちらも延長15回の激闘が戦われた。スポーツでは、トリノ冬季オリンピックで荒川静香が金メダルを獲得、「イナバウアー」が新語・流行語となった。

平成18年 2006年

1月1日	東京三菱銀行とUFJ銀行が合併、「三菱東京UFJ銀行」が発足
1月16日	ライブドアと関連会社を証券取引法違反の疑いで強制捜査（ライブドア事件）
1月23日	郵政民営化で日本郵政株式会社が発足
2月10日	トリノ冬季五輪で女子フィギュアスケートの荒川静香が日本初の金メダル
3月21日	第1回WBCで野球日本代表が世界王者に
3月31日	いわゆる「偽メール問題」で民主党の前原誠司代表以下執行部が総退陣し、永田寿康が議員辞職
6月5日	インサイダー取引容疑で村上ファンド代表の村上世彰を逮捕
6月9日	サッカーW杯ドイツ大会で日本は予選リーグ敗退（優勝はイタリア）
9月6日	秋篠宮さまに皇室では41年ぶりとなる男子、悠仁さまが誕生
9月15日	オウム真理教元代表・松本智津夫の控訴が棄却。死刑確定
10月23日	東京地検特捜部が収賄の疑いで佐藤栄佐久・前福島県知事を逮捕
12月15日	松坂大輔が大リーグのボストンレッドソックスへ入団
12月30日	元イラク大統領のサダム・フセインの死刑が執行される

●野球の日本代表を監督として率いたのは王貞治、チームは「侍ジャパン」という愛称で呼ばれた
●同じスポーツでは、3回連続でW杯の舞台に立ったサッカーの中田英寿が、ドイツ大会でのグループリーグ敗退を最後に現役を引退。その理由は「自分探し」だった
●山崎貴監督の映画『ALWAYS 三丁目の夕日』が第29回日本アカデミー賞で最優秀賞を含む12部門で賞を獲得
●「格差社会」がキーワードに
●倖田來未を評した「エロカッコイイ」が新語・流行語に

平成19年（2007年）

大相撲一月場所

外国《とつくに》の力士も交じり競ひ合ふ
年の初めの相撲楽しき

天皇陛下

玄海島

洋中《わたなか》の小さき陸《くが》よ四《し》百余の人いま住むを思ひつつ去る

皇后陛下

天皇の御製では大相撲についても何度か詠んでいる。この時は朝青龍の一人横綱時代だ。白鵬が横綱に昇進するのはこの後の5月。日本人横綱は、平成15（2003）年1月に貴乃花が引退して以来、丸4年間生まれておらず、平成29（17）年3月の稀勢の里の昇進まで19年間不在が続くことになる。

10月に行われた玄海島の訪問は、福岡県西方沖地震の復興状況を見るためだったが、陛下の離島訪問は皇太子時代も含めて21都道県、55島目で、離島の訪問にも非常に熱心だったことは明記しておくべきだろう。皇后の御歌は訪れた玄海島に思いを寄せた作品である。

政治の世界は一寸先は闇《やみ》といわれる。平成17（05）年には郵政解散総選挙で自民党が歴史的勝利を得て、民主党は大敗を喫《きっ》した。さらに平成18（06）年には「堀江メール問題」で民主党執行部は総退陣を余儀なくされる一方、自民党では安倍晋三が総裁となり、スムーズな政権移譲が行われていた。

ところが、平成19（07）年に入ると社会保険庁で5000万件にもわたる記録漏れ、いわゆる「消えた年金」問題が浮上し、7月29日に行われた参議院議員通常選挙で今度は自民党が歴史的大敗の苦杯をなめることになる。続投を表明していた安倍首相は健康上の不安もあり、結局は首相を辞任、この後、年ごとに首相が変わる不安定な政権運営が続くことになる。この年は政局の潮目が変わる年だった。

平成19年　2007年

1月9日	防衛庁が省に昇格し、防衛省発足
1月15日	「ニコニコ動画」サービス開始
1月21日	宮崎県知事選でタレントの東国原英夫(そのまんま東)が当選
2月17日	社会保険庁が管理する年金加入記録が 5000万件消失が判明(消えた年金記録問題)
3月27日	「スーダラ節」で人気を博した俳優の植木等が死去(80歳)
4月17日	伊藤長・長崎市長が銃撃され、死亡
5月10日	熊本県の慈恵病院で「赤ちゃんポスト」の運用を開始
5月21日	両陛下がスウェーデン、バルト3国をご訪問
7月16日	新潟県中越沖地震(震度6強、マグニチュード6・8)
7月29日	参院選で民主党が自民党に圧勝
8月15日	ペルーでマグニチュード8.0の大地震が発生
10月1日	郵政事業の民営化がスタート。緊急地震速報開始
10月12日	アル・ゴア元アメリカ副大統領がノーベル平和賞を受賞
12月6日	アメリカが「サブプライム問題」で金利を今後5年間凍結
12月7日	サッカー日本代表オシム監督が急性脳梗塞で倒れ、 後任に岡田武史が就任

●タレントのそのまんま東(東国原英夫)が、「どげんかせんといかん」のキャッチフレーズで宮崎県知事に当選
●プロゴルフで若干15歳の石川遼が世界最年少でツアー優勝。「ハニカミ王子」と呼ばれる
●防衛庁が昇格したのと軌を一にし、赤坂の旧防衛庁跡地は東京ミッドタウンに様変わりした
●テレビではオネエ・キャラがブーム、IKKOの「どんだけぇ〜」が流行語に
●秋川雅史の「千の風になって」が声楽曲では異例のヒット

平成20年（2018年）

日本ブラジル交流年・日本人ブラジル移住百周年にちなみ群馬県を訪問

父祖の国に働くブラジルの人々の
幸《さち》を願ひて群馬県訪ふ

天皇陛下

北京オリンピック

たはやすく勝利の言葉いでずして「なんもいへぬ」と言ふを肯《うべな》ふ

皇后陛下

この年は、昭和63（1988）年のソウル以来、アジアで開催される夏季五輪としては20年ぶりに北京で五輪が開催された。日本選手が金メダル9個を含む計25個のメダルを獲得して活躍を見せた。

皇后はよく世界的スポーツイベントの御歌を詠んでいる。歌にある「なんともいへぬ」の言葉を残したのは、競泳平泳ぎ100メートルと200メートルでの2冠を達成した北島康介だ。「なんも言《い》えねえ」を雅《みやび》な表現にすればこうなるということか。

だが、そんな平和の祭典の興奮さめやらぬ直後、世界中が震《ふる》え上がる出来事が起こった。9月15日に投資銀行の「リーマン・ブラザース」が経営破綻したことに端《たん》を発する「リーマン・ショック」だ。

もちろんこの影響は今後ジワジワと日本にも及ぶことになるが、すでにこの頃、日本の構造的不況もかなり深刻度を増しており、年末には職を失った非正規労働者の数は8万5000人に達した。そのため、大晦日から年明けの5日まで、日比谷公園に「年越し派遣村」が設置された。

天皇の御製は、日系ブラジル人が多く働く群馬県太田市を訪れたことを詠んだものだ。かつてブラジルが日本からの入植者を受け入れたように、今度は日本でブラジル人労働者が幸せに暮らせるようにと、国境を越えた人々の生活の安寧《あんねい》を願ったものである。

平成20年 2008年

1月27日	大阪府知事選で弁護士の橋下徹が初当選
2月11日	沖縄県でアメリカ海兵隊所属兵士が14歳の少女を強姦した容疑で逮捕
2月15日	文部科学省が「ゆとり教育」からの脱却を柱とした新学習指導要領を発表
4月23日	農水省と厚労省がアメリカ産牛肉から「BSE特定危険部位」の発見を公表
5月6日	中国国家主席の胡錦濤が平成10(1998)年の江沢民以来となる日本訪問
6月8日	秋葉原の歩行者天国にトラックが突入、さらに男が通行人を襲撃し7人が死亡、10人が負傷(秋葉原通り魔事件)
7月7日	北海道洞爺湖サミット開催
7月11日	ソフトバンクがスマートフォンの「iPhone3G」の販売開始
8月8日	オリンピック北京大会開幕。水泳の北島康介2連覇 ソフトボール女子金メダル
9月15日	アメリカ証券大手の「リーマン・ブラザーズ」の経営破綻
11月4日	音楽プロデューサーの小室哲哉が詐欺容疑等で逮捕
11月4日	アメリカ大統領選挙でバラク・オバマが勝利
12月31日	新宿歌舞伎町「新宿コマ劇場」がこの日の興行を最後に閉館

●弁護士でタレントの橋下徹が大阪府知事に当選。出馬前は「(出馬は)2万パーセントない」といったフレーズが後にいろいろな場面で用いられる
●秋葉原で通り魔事件。犯人は神戸連続児童殺傷事件(1997年)の酒鬼薔薇聖斗、西鉄バスジャック事件(2000年)と「理由なき犯罪世代」(82、83年生まれ)として語られた
●アップル社のスマートフォンiphoneが日本で発売開始
●関東・沖縄の自動販売機でのタバコの購入でtaspoが必要に。愛煙家の肩身はますます狭くなる一方

皇室のあゆみ②

平成11(1999)年➡平成20(2008)年

平成18(2006)年11月12日、誕生したばかりの悠仁さまを囲み、和やかな秋篠宮ご一家。写真左から眞子さま、秋篠宮さま、紀子さまと抱かれる悠仁さま、佳子さま(宮内庁提供／朝日新聞社)

平成12年	6月16日、香淳皇后陛下逝去(97歳)
平成13年	12月1日、皇太子ご夫妻に愛子さま誕生
平成15年	1月18日、天皇陛下が前立腺がんの手術を受ける
平成16年	5月10日、皇太子が会見で「雅子の人格を否定するような動きがあった」と発言
	7月30日、雅子さまが「適応障害」の診断を受けたとを宮内庁が発表
平成17年	6月15日、戦後60年の「慰霊の旅」でサイパンを訪問
	11月15日、紀宮さまが都庁勤務の黒田慶樹さんと結婚
平成18年	2月7日、秋篠宮妃紀子さまに懐妊の兆候があると発表
	9月6日、秋篠宮ご夫妻に悠仁さま(皇位継承3位)誕生
平成19年	5月〜、両陛下、英国など訪欧

第三章

平成二一年〜三一年
国民と共にある姿

2011（平成23）年4月14日東日本大震災で千葉県旭市飯岡保健センターへ慰問に訪れた。避難生活をする人たちに励ましの声をかけてまわる天皇皇后両陛下
（朝日新聞社）

平成21年（2009年）

即位の頃をしのびて

父在《ま》さば如何《いか》におぼさむベルリンの
壁崩されし後の世界を

天皇陛下

宇宙飛行士帰還

夏草の茂れる星に還り来てまづその草の香を云ひし人

皇后陛下

平成21（2009）年は即位後20周年の記念の年に当たる。そこで天皇は、20年前の昭和天皇の崩御と、その年の11月に起こったベルリンの壁の崩壊とを世の中が変わった象徴的な出来事として対比させ、20年という時間の経過を振り返っている。歴史が動く時のダイナミズムといったものがうかがえる歌だ。

2000年代も10年を過ぎようとする頃、日本とアメリカの政界も動いた。日本では「政権選択解散」と呼ばれた衆議院議員総選挙で民主党が圧勝して8月30日に鳩山由紀夫を首班とする民主党政権が誕生、アメリカでは初のアフリカ系大統領のバラク・オバマが1月に正式に大統領に就任した。

日米で共にリベラル寄りな政治体制が発足したことになる。

これは、前年のリーマン・ショックが端的に意味するところの、完全にマネーゲーム化した資本主義の暴走と拡大する格差社会に人々が「待った」をかけた結果といえるだろう。日本では7月に発表された完全失業率は5・7パーセントで過去最悪を記録し、前年から100万人も失業者が増えた。

皇后の御歌は、国際宇宙ステーションに滞在後にカザフスタンに着陸、地球に帰還した宇宙飛行士の野口聡一さんが最初にいった言葉、「土と草のにおいが強烈だった」を聞いてのもの。まず大地の「におい」を口にした感覚に歌心を刺激されたのかもしれない。

平成21年　2009年

1月9日	「ビットコイン」という仮想通貨が初発行
1月20日	バラク・オバマ、黒人として初のアメリカ大統領に就任
3月23日	第2回WBCでイチローが決勝打。「侍ジャパン」2連覇
5月2日	ロック歌手の忌野清志郎が死去(58歳)
6月25日	マイケル・ジャクソンが自宅で心肺停止状態となり死去(50歳)
7月8日	第1回AKB選抜総選挙で前田敦子が初代女王に輝く
7月31日	宇宙長期滞在で日本人初の若田光一 137日ぶりに地球へ帰還
8月3日	国民が刑事裁判に参加する「裁判員裁判」制度が開始
8月8日	覚醒剤所持容疑でタレントの酒井法子が逮捕
8月16日	ジャマイカのウサイン・ボルトが100メートル男子 9秒58の世界新記録
8月30日	総選挙で、308議席を獲得した民主党が圧勝。政権交代
9月1日	消費者庁が発足される
10月9日	オバマ大統領「核なき世界」の提唱でノーベル平和賞受賞
11月4日	ヤンキースの松井秀喜が日本人初のワールドシリーズMVP
11月12日	天皇陛下ご即位20年の祝賀行事

●55年体制の崩壊以来の政権交代で、「政権交代」という言葉が新語・流行語に
●若者男子の呼称の「草食男子」はこの年に生まれた
●純文学作品が売れない時代にも村上春樹は別格で、12作目の小説『1Q84』が100万部突破。一方で、紙媒体の活字離れは深刻で、本の販売が2兆円を割り、文藝春秋の『諸君!』などの雑誌休刊が相次いだ
●ジャマイカのウサイン・ボルトが世界陸上で、9秒58の男子100メートルの世界記録。この記録は現在も破られていない

平成22年（2010年）

遷都千三百年にあたり

研究を重ねかさねて復元せし
大極殿《だいごくでん》いま目の前に立つ

天皇陛下

「はやぶさ」

その帰路に己れを焼きし「はやぶさ」の光輝《かがや》かに明かるかりしと

皇后陛下

平成22（２０１０）年は年表を見て振り返ってもあまり不穏《ふおん》な出来事が見当たらない、平穏な年だったのかもしれない。それは両陛下の歌にもうかがわれ、天皇が奄美大島を襲った豪雨のことを詠んではいるが、その他はしっとりとして穏やかな歌が並ぶ。

その中、皇后も詠んでいるように、平成15（03）年に打ち上げられた小惑星探査機「はやぶさ」の7年ぶりの帰還は大きな話題となった。なにしろ、月以外の天体に着陸した探査機が帰還したのは世界初の偉業だからだ。ミッションは小惑星「イトカワ」の表面から試験片《へん》を持ち帰ること。燃料漏れやエンジントラブルで帰還が危ぶまれもしたが、約7年の時間を費やした60億キロの長旅から無事帰還した。

天皇の御製は平城遷都１３００年を記念し、発掘調査の学術的成果を詠んでいる。

自民党政権の交代を望む世論を背景として動いた政局も、代わりにやらせてみた民主党の経験不足が早くも露呈《ろてい》し、代表の座は菅直人に交代している。

野球ではイチローが10年連続２００本安打という偉業を達成。サッカーワールドカップ南アフリカ大会では日本代表は予選リーグを突破。ベスト16で敗退するも、本田圭佑や長友佑都など若い選手の活躍もあり、健闘を見せた。

バンクーバー冬季五輪では、フィギュアスケート女子で浅田真央が期待されたが、韓国の金妍兒《キム・ヨナ》に敗れ、金メダル獲得はならなかった。

平成22年　2010年

1月1日	2007年に発覚した「消えた年金問題」で大きく信頼が揺らいだ社会保険庁が解体され、新たに「日本年金機構」が発足
1月13日	「陸山会事件」で民主党の元代表・小沢一郎の資金管理団体事務所や関係先など強制捜査
1月19日	「日本航空」が会社更生法適用を申請
2月1日	「首都圏連続不審死事件」で木嶋佳苗容疑者が逮捕
5月1日	中国初の万博となる「上海万博」開幕
6月4日	贈与税の未納や沖縄の基地移転など問題続きで求心力が低下した鳩山首相に代わり、菅直人首相が誕生
6月13日	小惑星探査機「はやぶさ」が小惑星イトカワの表面から試験片を採取して約60億キロの旅から帰還
6月29日	サッカーW杯南アフリカ大会で日本代表はベスト16で敗退（優勝はスペイン）
9月23日	シアトル・マリナーズのイチローが10年連続200本安打達成
9月28日	金正日の3男の金正恩が朝鮮労働党の中央委員と中央軍事委員会副委員長に選出され後継者となる
11月23日	韓国軍の軍事演習への対抗措置として北朝鮮が軍事境界線南方数十キロの大延坪島を砲撃し緊張高まる
11月28日	民間告発サイト「ウィキリークス」がアメリカの機密文書約25万件を公開

●岩崎夏海の『もしドラ』（『もし高校野球の女子マネージャーがドラッカーの「マネジメント」を読んだら』）が異色の経済本としてベストセラーに
●ハリウッド映画の『アバター』が世界の歴代映画興行収入第1位『タイタニック』を抜いた（約27億8800万ドル）
●NHK連続テレビ小説の『ゲゲゲの女房』が高視聴率を記録し、「ゲゲゲの～」が新語・流行語に
●2005年以来、秋葉原を拠点に活動していたAKB48の17枚目シングル「ヘビーローテーション」が大ヒット

平成23年（2011年）

東日本大震災の津波の映像を見て

黒き水うねり広がり進み行く
仙台平野をいたみつつ見る

天皇陛下

仮設住宅の人々を思ひて

被災地に寒き日のまた巡り来ぬ
心にかかる仮住まひの人

天皇陛下

手紙

「生きてるといいねママお元気ですか」文《ふみ》に項傾《うなかぶ》し幼な児眠る

皇后陛下

平成23（２０１１）年は昭和20（１９４５）年の敗戦以後、最大の国難を日本が迎えた年といえるだろう。３月11日に起こった東北地方太平洋沖地震、「東日本大震災」の発生だ。震災による死者・行方不明者は１万８０００人超、建築物の全壊・半壊は30万戸以上、ピーク時の避難者は40万人以上。

両陛下の御製、御歌も震災に数が割《さ》かれている。

ところで、両陛下はどのようにして震災を知ったのか。川島裕・前侍従長の証言によれば、揺れがはじまった直後にはもう御座所（居室）でテレビに見入っていたという。「黒き水うねり広がり……」と詠んでいるのは、まさにこの時に見たテレビ映像を反映したものだ。皇后の御歌も視覚情報から詠んだものだ。津波で両親と妹をさらわれてしまった4歳の少女が母親に宛てた手紙を書きつつもその上に思わず寝入ってしまった場面を映した写真を新聞で見た時の思いが詠まれている。そしてこれまでと同じ「慰問の旅」が開始された。仮設住宅を訪れては膝を折って話を聞いた。このイメージは象徴天皇をまさに「象徴」する両陛下の姿として、日本国中の人々の記憶に深く刻まれることになる。

またこの大震災で、「原子力発電所」の負の側面が露呈した。東京電力福島第一原発の水素爆発である。放射能汚染により地元住民の多くが避難したものの、いまだ故郷に戻れない住民がいること、国民の生命を守るべき政府の対応が十分でなかったことも記憶すべきである。

平成23年　2011年

1月14日	チュニジアで「ジャスミン革命」。23年間の独裁政権が崩壊
3月11日	東日本大震災。マグニチュード9.0は観測史上最大 死者・行方不明者1万8000人超
3月12日	福島第一原子力発電所1号機の原子炉を覆う建屋が 水素爆発。大量の放射性物質が拡散し、避難指示が出される
4月21日	ソニーのネットワークシステムで障害が発生 過去最悪の個人情報流出
5月2日	アル・カイーダの最高指導者のウサマ・ビン・ラディンが 米軍により殺害
7月18日	なでしこジャパンが女子サッカーW杯決勝で アメリカを下し初の世界一
7月24日	テレビは「地上デジタル放送」に完全移行
8月23日	タレントの島田紳助に暴力団関係者との交際発覚で即日引退
9月3日	紀伊半島豪雨で死者・行方不明者88人
10月5日	アップル社の前CEOのスティーブ・ジョブズが死去（56歳）
11月8日	オリンパスの粉飾決算が発覚
11月22日	東京地検特捜部が井川意高・大王製紙会長を 「巨額借り入れ」による特別背任容疑で逮捕
12月19日	国民的ドラマ『水戸黄門』の放送終了

●震災を受けての新語・流行語は「絆」。受賞者は「なし」で、「ボランティアを含めた日本国民と海外から日本を応援くださったすべてのみなさま」だった
●年間大賞は、サッカー女子ワールドカップで初優勝を果たした「なでしこジャパン」
●震災で日本が後退するのを横目に、中国が国内総生産(GDP)で世界第2位に躍り出る
●サッカー日本代表の長谷部誠『心を整える。』がベストセラー
●AKB48の人気が上昇、シングルCD売り上げでトップ5を独占

平成24年（2012年）

即位六十年に当たり英国の君に招かれて

若き日に外国《とつくに》の人らと交はりし
戴冠式をなつかしみ思ふ

天皇陛下

復興

今ひとたび立ちあがりゆく村むらよ失《う》せたるものの面影の上に

皇后陛下

天皇は昭和28（1953）年の皇太子時代（19歳）に初めての外遊で欧米14カ国を訪問し、イギリスではエリザベス女王の戴冠《たいかん》式に参列した。しかし、日本が国際社会に復帰した翌年で、戦勝国が敗戦国を見る目は厳しかった。天皇即位後、平成10（98）年にも英国を訪れたが、この時も抗議運動が起こった。そして平成24（2012）年5月、エリザベス女王の即位60周年を祝うため、両陛下はイギリスを訪れた。御製はその時のもの。昭和天皇が皇太子時代、大正10（21）年に訪英、歓迎されて以来、皇室と英国王室とは長い交友関係にあったからだ。天皇は3カ月前に心臓の「冠動脈バイパス手術」を受けたばかりだったが、訪英は天皇自身が強く望んだという。皇后の御歌は復興に思いを寄せられたものである。

野田佳彦首相の民主党政権下の2月10日には「復興庁」が発足。しかし、前年の震災への対応で日本が揺れる中、その余波を受け国政も混乱した。時の民主党が消費税引き上げや「環太平洋経済連携協定（TPP）」の是非をめぐって内部分裂。年末の12月に行われた総選挙で自民党が大勝、平成21（09）年に下野して以来、自公連立による第2次安倍晋三内閣が成立し、再び政権を獲得する。逆に民主党は解体し、18年の歴史に幕を下ろした。そして新たなる経済成長戦略「アベノミクス」と呼ばれる一連の経済政策が採用されることになる。

学問、文化では、10月、再生医療の画期的な研究「iPS」細胞の成果をあげた京都大学の山中伸弥教授がノーベル医学・生理学賞を受賞した。

平成24年 2012年

1月19日	ダルビッシュ有投手が大リーグ「レンジャース」へ入団
2月10日	「復興庁」が発足
2月16日	オリンパスによる粉飾決算事件で旧経営陣3人らを逮捕
4月19日	福島第一原子力発電所の1～4号機の廃炉が正式に決定
5月5日	北海道電力泊発電所が運転停止し、1970年以来、 日本の原発全50基稼働停止に
5月22日	東京都墨田区で「東京スカイツリー」開業
6月27日	ロンドオンオリンピック開幕。吉田沙保里、伊調馨が3連覇 体操個人総合で内村航平も金メダル
7月11日	九州北部を中心に記録的豪雨
8月10日	韓国の李明博大統領が竹島に上陸
9月29日	レスリングの吉田沙保里が前人未到の世界選手権13連覇
10月1日	オスプレイが普天間基地に配備
10月8日	「iPS細胞」の研究で山中伸弥・京都大学教授が ノーベル生理学・医学賞を受賞
12月5日	歌舞伎役者の中村勘三郎が死去（57歳）
12月26日	衆院総選挙で民主党が大敗 自公連立の第2次安倍晋三内閣発足

●高さ634メートルの電波塔の東京スカイツリーが竣工
長いこと東京のランドマークだった東京タワーは、2013年5月にテレビ電波の送信切り替えで役目を終えることになる
●ロンドン五輪で日本人選手が過去最高の38個のメダルを獲得（それまではアテネ・2004年の37個）。お家芸の柔道は女子57キロ級で松本薫の金1つに
●山中伸弥京大教授がノーベル生理学・医学賞を受賞し、「iPS細胞」が新語・流行語に
●映画『テルマエ・ロマエ』が大ヒットし、後には続編が制作

平成25年（2013年）

水俣を訪れて

患ひの元知れずして病みをりし人らの
苦しみいかばかりなりし

天皇陛下

遠野

何処《いづこ》にか流れのあらむ尋《たづ》ね来し遠野静かに水の音する

皇后陛下

皇后がハンセン病患者施設を見舞った時の御歌については57、58ページでも紹介したが、両陛下はさまざまな病気の方を見舞っては心を寄せた。両陛下は10月の海づくり大会で熊本を訪れた際に水俣市にも足を伸ばし、水俣病の患者から話を聞いた。天皇の御製その時のことを詠んだものだ。皇后の御歌は、被災地訪問に先立ち、後方支援地である遠野を訪れた時のことを詠んだもの。

東日本大震災から丸2年、4月1日からNHKの朝の連続テレビ小説『あまちゃん』がスタートした。宮藤官九郎・脚本によるドラマの舞台は岩手県三陸海岸沿いのある町で、主人公のヒロイン能年玲奈（現・のん）が地元のアイドルとして復興に携《たずさ》わるという設定だった。

1月にはアルジェリアで日本人技術者が10人殺害される凄惨なテロ事件があり、世界中どこでも日本人がテロの対象となることを社会全体に知らしめた。また3月には日銀総裁に黒田東彦氏が就任し、異次元の金融緩和政策「黒田バズーカ」が炸裂。円安株高の反転攻勢をかけ「アベノミクス」の追い風となった。

プロ野球では、東北楽天イーグルスが創設9年目にして初の日本一に輝いた。楽天は被災地の球団だ。第7戦の9回マウンドに田中将大（この年は24勝無敗のプロ野球記録を達成。現・ニューヨークヤンキース）が登板。ラストバッターを三振させたシーンは、被災地の人々を勇気づけ、長いプロ野球の歴史で最も感動的な瞬間の一つとなった。

平成25年　2013年

1月19日	「巨人・大鵬・卵焼き」の元横綱・大鵬が死去(72歳)
3月14日	習近平が中国国家主席に就任
4月7日	悠仁さまがお茶の水女子大附属小学校に入学
4月19日	公職選挙法が改正され、インターネット選挙運動が解禁
4月28日	皇太子ご夫妻オランダ訪問(雅子さまは11年ぶり)
5月5日	元巨人軍の長嶋茂雄と松井秀喜に国民栄誉賞授与
6月22日	富士山が世界遺産登録
9月16日	東北楽天ゴールデンイーグルスが初の日本一に
9月7日	2020年オリンピック・パラリンピック開催地が「東京」に決定
10月5日	伊勢神宮で20年に一度の「式年遷宮」
10月13日	『アンパンマン』の著者・漫画家のやなせたかしが死去(94歳)
10月16日	「打撃の神様」元巨人軍監督の川上哲治が死去(93歳)
10月27日	両陛下が熊本県水俣を訪問
11月15日	ソニー「プレイステーション4」を発売
12月6日	特定秘密保護法が成立
12月19日	徳洲会から5000万円を受領した猪瀬直樹都知事が辞任

●『あまちゃん』は新語・流行語も残した。「じぇじぇじぇ」は岩手県三陸沖辺りで驚いた時に使う方言
●東京五輪開催決定では、「お・も・て・な・し」も新語・流行語入り。滝川クリステルが手振りを交えてこの言葉を口にしたシーンは、記憶に新しい
●その東京都では、招致委員会のトップでもあった猪瀬直樹東京都知事に、医療法人徳洲会からの現金受領問題が浮上し、誘致の立役者が一転、辞任に追い込まれた
●月例経済報告で「デフレでない状況になりつつある」と報告

平成26年（2014年）

広島市の被災地を訪れて

いかばかり水流は強くありしならむ
木々なぎ倒されし一すぢの道

天皇陛下

学童疎開船対馬丸《つしままる》

我もまた近き齢《よはひ》にありしかば沁《し》みて悲しく対馬丸思ふ

皇后陛下

平成26（2014）年8月には広島を豪雨が襲い、広島市北部の住宅地で大規模な土砂災害が起こった。死者行方不明者は77人、国土交通省の発表では、土砂災害による人的被害としては過去30年間で最多となった。天皇の御製は12月に、被災地慰問に際して詠んだものだ。後年に終戦70年を控《ひか》えたこの年、国民体育大会臨場もあって広島を訪れるのは2度目。10月には爆心地に建立された慰霊碑に献花を行い歌を詠まれたばかりだった。皇后が御歌で詠んだ「対馬丸《つしままる》」は終戦間際の昭和19（1944）年に魚雷を受けて沈没した学童疎開船（学童ら約1500人が死亡）。対馬丸への思いは、両陛下が繰り返し歌にしている。

9月には長野・岐阜県の御嶽山が噴火し、死者58人を出して戦後最悪の火山災害となった。平成24（12）年12月に政権に返り咲いた自民党の安倍政権の下《もと》、4月には消費税が5％から8％に引き上げられ、「原発ゼロ」の方針は撤回。7月には集団的自衛権の行使容認が閣議決定された。「強い日本」を目指す安倍政権に強引さが見受けられるようになるが、12月に行われた衆院総選挙では自民党が圧勝、「安倍1強」体制を印象づけた。

2月には全聾《ろう》の作曲家、佐村河内守に「ゴーストライター」の存在が発覚。4月には「STAP細胞」論文が不正と認定。同研究のユニットリーダー小保方晴子の「STAP細胞はあります！」と涙の会見、7月には兵庫県会議員の野々村竜太郎の「号泣」会見など、この年は虚実をめぐって世間を騒がせる問題が相次いだ。

平成26年　2014年

1月29日	理化学研究所が「STAP細胞」論文発表するも、 後の7月2日に論文撤回
2月5日	佐村河内守作曲、交響曲『HIROSHIMA』の ゴーストライター問題発覚
3月27日	静岡地裁が「袴田事件」の再審開始決定
3月31日	フジテレビ系昼の長寿番組『笑っていいとも!』が放送終了 昭和57（1982）年以来、31年半の歴史に幕を下ろす
4月1日	消費税が5%から8%に
5月31日	国立競技場が56年の歴史に幕
6月12日	サッカーW杯ブラジル大会開幕 日本は予選敗退（優勝はドイツ）
7月1日	集団的自衛権の行使を認める 憲法解釈の変更を閣議決定
7月16日	九州電力川内原発1、2号機が、再稼働の安全審査で初の合格
8月20日	広島県北部で大規模な土砂災害発生
9月27日	御嶽山が噴火。平成3（1991）年の 雲仙普賢岳の被害者数を上回る
9月28日	香港で「雨傘革命」が起こる（2014年香港反政府デモ）
11月18日	安倍首相が消費税10%の1年半延期を表明

●政治ネタが反映しやすい新語・流行語には「集団的自衛権」が選ばれた。ここにも安倍1強時代が反映している

●「リケジョの星」と一時は「STAP」細胞発見の話題で注目された理研の小保方晴子。論文不正で一転、世間からバッシングを受けた

●同じ幕を下ろしたといえば、テレビではあの長寿番組、『笑っていいとも』が終了。平成とほぼ同じ年月の31年半続いた

●音楽ではディズニー映画・『アナと雪の女王』の主題歌の松たか子「レット・イット・ゴー～ありのままで」が大流行。街中のそこかしこから「レリゴー」の歌声が聞こえた

平成27年（2015年）

戦後七十年に当たり、北原尾《きたはらお》、千振《ちふり》、大日向《おおひなた》の開拓地を訪《と》ふ

開拓の日々いかばかり難《かた》かりしを
面《おも》穏やかに人らの語る

天皇陛下

ペリリュー島訪問

逝《ゆ》きし人の御霊《みたま》かと見つむパラオなる海上を飛ぶ白きアジサシ

皇后陛下

戦後70年を迎えたこの年、終戦記念日の8月15日を跨《また》いで国会前では連日のデモが繰り返された。政府が9月中旬の成立を目指していた、「集団的自衛権の行使を認める安全保障案」の国会審議が大詰めを迎えようとしていたからだ。最高潮を迎えた8月下旬では、主催者発表で10万人を超える人が国会前に集まり「アベ政治を許さない」というプラカードが掲げられた。しかし、9月19日、安保関連法案が成立した。議論なき政治に対する国民の虚無《きょむ》感は、あきらめを通り越して「今もなお」沈殿《ちんでん》している。

安保法制の是非《ぜひ》はともかく、1月にはイラクとシリアを中心とした過激派組織のイスラム国（IS）に拘束されていた日本人ジャーナリスト後藤健二さんが殺害され、11月にはパリで130人が殺害される同時多発テロ事件が起こるなど、テロや局地的な紛争の火種は世界中に広がり、激変する世界情勢の変化の中で日本も当事者としての選択を迫られていた。

戦後70年目の「慰霊の旅」として両陛下は、戦後の引揚者によって開拓された土地や、古くからの親日国であり、大戦で激しい激戦の末の玉砕ぶりから「天皇の島」と呼ばれたパラオのペリリュー島を訪れた。両陛下はいつものように土地の人々とふれあい、話を聞き、思いを寄せ慰霊の歌を詠んでいる。

8月11日には、鹿児島県川内《せんだい》原発が再稼働した。平成25（2013）年に安全対策を強化して定められた新規制基準後初の再稼働で「原発ゼロ」はたった2年で終わった。

平成27年　2015年

1月23日	大相撲の横綱白鵬が史上最多の33回目の優勝
2月1日	イスラム国（IS）が日本人ジャーナリスト 後藤健二さんの殺害動画を公開
3月14日	北陸新幹線（長野〜金沢間）開業
4月5日	菅義偉官房長官が沖縄を訪れ翁長雄志沖縄県知事と 普天間基地の辺野古移設問題を巡り初の直接会談
4月8日	両陛下が歴代天皇としてパラオを初訪問 翌9日には太平洋戦争激戦地のペリリュー島を訪問
5月17日	大阪で大阪都構想の是非をめぐる住民投票が行われ、 反対多数で否決。橋下徹市長は政治家引退を表明
6月17日	選挙権年齢が20歳以上から「18歳以上」に引き下げ決定
8月11日	九州電力川内原発1号機が福島原発事故後、初の再稼働
8月27日	山口組が事実上の分裂状態へ
9月19日	ラグビーW杯で日本代表が南アフリカから歴史的勝利を収める
10月13日	翁長沖縄県知事が辺野古の埋め立て承認取り消しを決定
11月4日	日本郵政・かんぽ保険・ゆうちょ銀行の3社が上場
11月7日	東芝が不正会計問題で旧経営陣5人に総額3億円の損賠請求
11月30日	漫画家の水木しげるが死去（93歳）

●国会周辺デモ隊の中には、大江健三郎、坂本龍一といった著名人の顔が見られると同時に、新しい時代の抗議する学生スタイルとして「SEALDs」が大いに注目を集めた
●大阪で「大阪都構想」を巡る住民投票が行われ、反対多数で否決。橋下徹市長は政治家を引退した
●ラグビー日本代表がワールドカップで南アフリカに勝利。世界が「スポーツ史上最大の番狂わせ」と驚いた
●お笑い芸人でありながら芥川賞を受賞した又吉直樹の『火花』が、約240万部でベストセラーとなり、映画化もされた

平成28年（2016年）

平成二十八年熊本地震被災者を見舞ひて

幼子の静かに持ち来《こ》し折り紙の
ゆりの花手に避難所を出づ

天皇陛下

一月フィリピン訪問

許し得ぬを許せし人の名と共にモンテンルパを心に刻む

皇后陛下

この年最大の出来事はなんといっても、天皇の退位についての気持ちを表した「おことば」の表明で、8月8日、国民に向けてビデオメッセージが発信された。高齢による体力の衰《おとろ》えから「全身全霊を持って象徴の務めを果たしていくことが難しくなるのではないかと案じています」と、陛下のその率直な思いを語られた。これを受け、「生前退位」に関する議論が行われ、翌年の12月1日に、退位の日程が決定、平成31（2019）年4月30日とされた。昭和64（1989）年、55歳で即位した天皇の象徴の道のりは、約30年で幕を閉じることになった。

4月14日にはマグニチュード6・5、震度7の熊本地震が発生し、またも日本を大地震が襲った。御製は、5月に両陛下が避難所となっている小学校の体育館を見舞った際、小学校の女児から色紙で作った百合の花束を受け取ったことを詠んだものだ。御歌は1月にフィリピンを訪れた際のもの。昭和28（53）年に、フィリピンのモンテンルパ市にあった「ニュービリビット刑務所」に収容されていた太平洋戦争の日本人戦争犯罪人の「特赦」が叶い、108人全員が日本への帰国を果たしたことへの感謝を改めて述べたものだ。

収容者の望郷の思いを歌った「あゝモンテンルパの夜は更けて」は、昭和27（52）年に発売されて20万枚を売り上げる大ヒットとなったが、芸能界ではこの年、昭和63（88）年に結成、国民的アイドルグループの「SMAP」が年末で解散した。

平成28年　2016年

1月15日	長野県軽井沢でスキーバス転落。15人死亡
1月26日	天皇皇后両陛下、フィリピンをご訪問
2月2日	元巨人軍の清原和博が覚醒剤所持容疑で逮捕
3月26日	新青森～新函館北斗で「北海道新幹線」が開業
3月30日	台湾の鴻海が3888億円でシャープを買収
4月14日	熊本地震発生。マグニチュード6.5、最大震度7の揺れを記録
5月26日	伊勢志摩サミット開催
5月27日	オバマ大統領がアメリカの現職大統領として初めて広島訪問
7月7日	タレントの永六輔（83歳）、大橋巨泉（7月12日、82歳）、 元横綱千代の富士死去（7月31日、61歳）
7月26日	相模原の知的障害者施設で殺害事件が発生 19人が死亡。戦後最多の大量殺人事件となる
8月5日	リオデジャネイロ五輪開幕。レスリング女子の伊調馨が 史上初の4連覇達成。体操男子団体も金メダルを獲得
8月8日	天皇が生前退位についてのお気持ちを ビデオメッセージで表明
8月14日	国民的アイドルグループのSMAPが年内一杯での解散を公表
11月8日	アメリカ大統領選挙で共和党のドナルド・トランプが当選

●安倍政権は「1億総活躍プラン」を掲げる一方、待機児童問題が論戦の的となり、「保育園落ちた日本死ね」というネット書き込みが一躍、皆が知るところに
●アメリカで熱狂。「ポケモンGO」が日本上陸
●石原慎太郎が田中角栄のことを書いた『天才』がベストセラーに。これをきっかけに「角栄ブーム」が起こった
●NHK大河ドラマの『真田丸』が、三谷幸喜の脚本もあって高視聴率を得る。新海誠監督のアニメ映画『君の名は』、邦画歴代2位の大ヒット

平成29年（2017年）

ベトナム国訪問

戦《いくさ》の日々人らはいかに過ごせしか
思ひつつ訪《と》ふベトナムの国

天皇陛下

名

野蒜《のびる》とふ愛《いと》しき地名あるを知る被災地なるを深く覚えむ

皇后陛下

平成29（2017）年は、1月20日にアメリカのドナルド・トランプの大統領就任式から世界のニュースの幕が開けるが、トランプが「アメリカ一国主義」を掲げて国際協調路線を否定するのと軌《き》を一《いつ》にするかのように、極東アジアでは波乱が起こった。

2月、前北朝鮮最高指導者金正日《キム・ジョンイル》の長男の金正男《キム・ジョンナム》がマレーシアの空港内で暗殺され、韓国では、16年に汚職問題から職権停止されていた大統領の朴槿恵《パク・クネ》が3月に罷免《ひめん》され、加えて収賄、職権乱用などの疑いで逮捕された。さらに北朝鮮では、アメリカを射程に捉《とら》えようとするミサイルの発射実験が幾度となく続けられ、8月29日に発射されたミサイルは北海道の上空を通過した。国内でも、廃棄されていたはずの「自衛隊PKO派遣部隊の日報」が公表され、「森友学園」への国有地売却に疑惑が持ち上がるなど、騒々しさばかりが増した。

この後、「加計学園」の獣医学部新設問題も加わって「もりかけ」問題へと発展し、国家公務員の文書「改ざん」疑惑など、国民の行政への不信が著しく高まった。また事件に関与した高級官僚たちの「忖度《そんたく》」が流行語となった。

そんな中、両陛下は2〜3月にベトナムを訪問。第二次世界大戦後も多くの戦争や紛争を経験しながらも、現在は急速に発展を遂げる同国のあり様を歌に詠んでいる。また皇后は、春になると御所の庭でよく摘んでいた野蒜（ヒガンバナ科の多年草）と同じ地名（宮城県松島市）が被災地にあることを、災害発生直後に発見した時の思いを歌にして書き留めている。

平成29年　2017年

1月25日	大相撲初場所で優勝した稀勢の里が、 日本人力士19年ぶりの横綱に昇進
2月9日	森友学園への国有地売却に疑惑持ち上がる
5月17日	朝日新聞の報道で 「加計学園の獣医学部新設をめぐる問題」が周知される
6月11日	上野動物園でパンダが誕生。シャンシャン(香香)と命名
6月21日	「テロ等準備罪(共謀罪)」法が国会で公布
6月22日	フリーアナウンサーの小林真央が乳がんで死去(34歳)
6月29日	中学生棋士の藤井聡太4段がデビューから29連勝 30年ぶりに新記録
7月2日	東京都議選挙で小池百合子が率いる 「都民ファーストの会」が定数127のうち55議席獲得し圧勝
9月3日	秋篠宮家の長女眞子さまが一般男性の 小室圭さんとの婚約内定を発表
9月9日	桐生祥秀が100メートル走で 日本人初の9秒台(9秒98)を記録
10月5日	日系イギリス人小説家のカズオ・イシグロが ノーベル文学賞を受賞
12月1日	政府が皇室会議を開き、平成31年4月30日の今上天皇の 退位、5月1日の徳仁新天皇の即位・改元を決定

●「もりかけ」問題で「忖度」という言葉が新語・流行語に
●都議選では「都民ファーストの会」が圧勝。小池百合子の緑色旋風は一時は国政まで狙う勢いだった
●北朝鮮のミサイル発射実験で米朝の緊張が高まり、トランプ大統領がツイッターで金正恩を「ロケットボーイ」と呼ぶなど、舌戦にも発展。同じくSNSの「インスタ映え」という言葉が大流行
●上野動物園で女の子のパンダが誕生。「香香(シャンシャン)」と名付けられた

平成30年（2018年）

西日本豪雨

濁流の流るる様を写し出だす
テレビを見つつ失せしをいたむ

天皇陛下

移居といふことを

去れる後《のち》もいかに思はむこの苑《その》に
光満ち君の若くませし日

皇后陛下

生前退位決定後、初になる1月2日に行われた新年の一般参賀には、平成時代最多となる12万6720人が皇居を訪れた。そんな賑《にぎ》わいムードと平成が去ることの寂《さび》しさを抱《かか》えてはじまった1年は、平成時代を物語る自然災害が多発した年でもあった。1月の草津白根山の噴火、夏は全国的な猛暑と豪雨に襲われ、6月には震度6弱を記録した「大阪府北部地震」が、9月には北海道では震度7弱を記録した「北海道胆振《いぶり》東部地震」が発生し、多くの人が災害に見舞われた。特に後者では道内全域が停電する「ブラックアウト」の事態となった。そして天皇は、まるで与えられた使命かのように被災地に思いを致《いた》し、歌に詠む。西日本の広い地域で河川の氾濫や土砂崩れが起こった「平成30年7月豪雨」（西日本豪雨）では、特に被害が大きかった広島、岡山、愛媛県を9月に慰問されている。

退位後の両陛下は、高輪皇族邸に移ることになっている。皇后の御歌は、平成5（1993）年12月から約四半世紀を過ごした御所での思い出を、まだ若かった天皇を庭で見かけた情景に託《たく》して簡潔に詠んだものだが、まるで大河ドラマを見るようだ。

一つの時代の「終わり」と「はじまり」を意識させる大きな出来事も国内外で起こっている。6月にはシンガポールでアメリカのトランプ大統領と北朝鮮の最高指導者の金正恩の間で史上初の米朝首脳会談が行われた。国内では7月、平成7（1995）年、「地下鉄サリン事件」などに関与したオウム真理教「尊師」麻原彰晃ら元幹部13人の死刑が執行された。

平成30年 2018年

1月2日	新年の一般参賀で、平成で最多となる12万6720人が訪れる
2月13日	羽生善治竜王と井山裕太7冠が国民栄誉賞を受賞
6月12日	トランプ大統領と金正恩朝鮮労働党委員長の 初の「米朝首脳会談」がシンガポールで実現 北朝鮮の非核化と体制保障を含む合意文書に署名
6月14日	サッカーW杯ロシア大会で日本16強（優勝はフランス）
6月28日	「平成30年7月豪雨」が発生。死者200人以上の大惨事に
7月2日	冬季五輪で2連覇の羽生結弦が国民栄誉賞受賞
7月6日	オウム真理教事件の元代表の松本智津夫を含む 7人の死刑執行（26日には残る6人も執行）
7月20日	カジノを含む統合型リゾート実施法が成立
9月8日	全米オープンで大坂なおみが、 日本人初のテニス4大大会で優勝
9月16日	国民的人気歌手の安室奈美恵が引退
10月6日	築地市場が83年の歴史に幕。豊洲市場へ
10月15日	安倍首相が2019年10月に消費税を10%に引き上げを表明
11月19日	日産会長のカルロス・ゴーンが逮捕
11月24日	2025年万博の大阪開催が決定

●冬季五輪とサッカーW杯ロシア大会が同時開催のこの年、スポーツ界から女子カーリングの「そだねー」、サッカーの「（大迫）半端ないって」が新語・流行語に
●是枝裕和監督の映画『万引き家族』が、カンヌ国際映画祭パルムドールを受賞
●相撲一家で育って平成の大横綱だった貴乃花親方が引退・退職届提出で、相撲界から姿を消すことに。
●平成の歌姫の一人、安室奈美恵が引退
●『漫画　君たちはどう生きるか』がベストセラー

平成31年（2019年）

光

贈られしひまはりの種は生え揃ひ
葉を広げゆく初夏の光に

天皇陛下

光

今しばし生きなむと思ふ寂光に園《その》の薔薇《そうび》のみな美しく

皇后陛下

本書ではその年の始めに宮中で行われる歌は除外していたが、平成31（２０１９）年は御製御歌共に「歌会始」のものしか詠まれていないので、その時に詠んだものを掲げた。

御製は、平成17（１９９５）年に阪神・淡路大震災10周年の記念式典で遺族代表の少女から贈られたヒマワリの種について詠んだもの。両陛下はこの種を御所の庭に撒《ま》き、毎年採種しては育ててきたという。御歌は、御所のバラ園の花に自らを託《たく》して詠んだもの。皇后を降位されてからの人生について詠んだものなのだろうか。

平成最後の4カ月間、大きな出来事としては、1月、久しぶりの日本人横綱の稀勢の里が短命横綱で終わり、日産会長のカルロス・ゴーンが3月に保釈されたが、4月に不正送金の疑いで4回目の逮捕となった。また、野球のイチローが28年の現役生活に幕を下ろした。

そして4月1日、菅義偉《すがよしひで》官房長官から新元号の「令和」が発表された。『万葉集』の「梅花の宴」から、すなわち、「初春《しょしゅん》の礼月《れいげつ》にして　気《き》淑《よ》く風和《かぜやわら》ぎ　梅《うめ》は鏡前《きょうぜん》の粉《こ》を披《ひら》き　蘭《らん》は珮後《はいご》の香《こう》を薫《かお》らす」という一説から採られた。漢籍ではなく日本の国書を典拠としたのは初のことだ。その後、安倍首相から新元号に込められた意味が説明され、それによると、「令和には、人々が美しく心を寄せ合う中で、文化が生まれ育つという意味が込められている」という。

さて、令和の御代はどんな世の中になることだろう。

平成31年　2019年

1月8日	韓国の地方裁判所が徴用工訴訟問題で 新日鉄住金の同国内資産の差し押さえを認める決定
1月11日	フランスの司法当局が竹田恒和日本オリンピック委員会 会長に対し、贈賄の容疑で刑事訴訟手続きを開始
1月16日	大相撲で第72代横綱の稀勢の里が引退を発表
2月7日	韓国国会議長が昭和天皇を戦犯とし 天皇に謝罪を求める発言
3月6日	日産元会長のカルロス・ゴーンが保釈（4月、4回目の逮捕）
3月15日	ニュージーランドのモスクで銃乱射事件発生。49人が殺害 銃撃の様子はネットでライブ配信された
3月21日	大リーグシアトル・マリナーズのイチローが引退
4月1日	菅義偉官房長官により新元号「令和」が発表される
4月30日	今上天皇退位
5月1日	皇太子徳仁親王が第126代天皇に即位
6月7日	女子サッカーW杯フランス大会開幕
9月20日	アジア初のラグビーW杯が日本で開催
10月1日	消費税が8%から10%に引き上げ（予定）
11月14日	大嘗祭・大嘗宮の儀

●女子レスリングの吉田沙保里、プロ野球のイチローと、平成時代活躍の大物選手が相次いで引退
●アイドルグループ「嵐」が2020年一杯で活動休止を発表
●俳優の新井浩文（強制性交）、ピエール瀧（麻薬取締法違反）の容疑で相次いで逮捕
●複数の企業でアルバイトが勤務時間中に不適切な動画をSNSにアップする（「バカッター」）事件が相次いだ
●「あおり運転」、「児童虐待」など日本人の品性が問われる事件が相次ぐ

皇室のあゆみ③

平成21（2009）年➡平成31（2019）年

平成27（2015）年4月9日午前11時28分、戦後70年の「慰霊の旅」で訪れたパラオ・ペリリュー島。日米両軍の多くの兵士たちが戦死されたオレンジビーチをあとにする天皇、皇后両陛下（朝日新聞社）

平成24年	2月18日、天皇陛下が心臓のバイパス手術を受ける
平成27年	4月8日、戦後70年「慰霊の旅」で両陛下、パラオ訪問
平成28年	8月8日、天皇が「象徴としてのお務めについての天皇陛下のおことば」を表明
平成31年	2月24日、天皇陛下御在位30年記念式典
	4月30日、退位礼正殿の儀（最後のおことば）
令和元年	5月1日、剣璽など承継の儀（神器などを引き継ぐ）
	即位後朝見の儀、皇太子徳仁親王が第126代天皇へ
	10月22日、即位礼正殿の儀（即位宣言）
	祝賀御列の儀（パレード）
	11月14日、大嘗祭・大嘗宮の儀（新穀を神々に供えて祈る）
令和2年	4月19日、立皇嗣宣明の儀（秋篠宮が皇位継承順位1位の宣言）

第二部

平成の日本人とは
平成の天皇とは何だったのか

平成の日本人とは何か

平成という「時代精神」

作家　関川夏央

悲傷と失意の時代

平成の天皇皇后両陛下の歌、御製、御歌を拝見して、お二方とも正統をはずさぬよい歌を詠まれる、とあらためて思う。美智子皇后は上品な歌いぶりのまま、ときに意図された破調を入れられる。

たとえば、平成23（２０１１）年、三陸大津波で母親を失ったばかりの幼い女の子の亡き母への手紙を詠んだ歌などは、品格を保ちつつ深い悲しみを心に迫らせる。

「生きてるといいねママお元気ですか」文に項傾《うなじかぶ》し幼な児眠る

皇后は現代の代表的歌人のひとりと評価されるべきではないかと思うが、この御歌にあるごとく、「平成の記憶」といえばまず災害であろう。

火山列島上に暮らすのだから地震の頻発は覚悟の前であるにしろ、平成7（1995）年の阪神・淡路大震災は衝撃だった。神戸という大都市の壊滅は日本人の記憶から消えない。そうして平成23年、東北地方太平洋岸を襲った地震と大津波である。約2万人が亡くなった超大災害だが、戦争以外でこれだけの人が亡くなるとは、まさに茫然《ぼうぜん》とするばかりだった。その巨大津波は福島第一原発を水没させ、メルトダウンという最悪事故を起こした。世界史的複合災害を体験した日本人は、近代技術の脆《もろ》さと人間の驕《おご》りを実感した。その意味で平成は悲傷と失意の時代であった。

平成7（1995）年の見果てぬ夢

一般に日本人は上り坂に強い。司馬遼太郎の言葉を借りれば、「坂の上」に見える「白い雲」を目指して登って行くとき、日本人は急坂のつらさを苦にしないのである。明治期では、西南戦争（１８７７年）の終わりから日露戦争講和（１９０５年）までの30年間がそれにあたる。革命の成果を保守して独立を守りたいという志向と強烈な国防意識が結びついた時代の「坂の上」に見上げた「白い雲」は「国民国家の完成」であった。

昭和戦後では、「復興」を無意識の目標にかかげた昭和20年代の10年間につづく時代、昭和30（55）年から、だいたい昭和60（85）年までの高度経済成長期と安定成長期がそれにあたる。この時代の精神は「明日は今日より必ずよくなる」という確信によってつくられた。雑駁ではあっても生命力に満ちた上り坂の時代のセンスは、国家だけではなくごく自然に個人にも適用され、ひとりひとりの向上を保証するものは「日々の努力」だと認識された。この時代の日本人もたしかに強かった。災害は定期的にやってきたものの、マクロ経済と消費生活は上げ潮に乗り、かつ国防は日米安保条約任せに忘れていられた幸運な時代であった。

平成はバブルの頂点とともにはじまった。

その年、平成元（89）年は、株価と土地は際限なく高騰、誰もがお金を使いたがる「過剰《かじょう》流動性《りゅうどうせい》」の記憶とともにある。

大都会では、人は深夜まで高いバーやレストラン、あるいは大型ディスコにたむろし、タクシーは夜中の二時を過ぎないと捕まえられなかった。ウソかホントか知らないが、タクシー会社の電話の「裏番号」を知っているという男が重宝がられ、お店の勘定は広告代理店か

平成7(1995)年3月20日、「地下鉄サリン事件」が起こる。営団地下鉄八丁堀構内から続々と運び出され、救急隊員から手当てを受ける乗客たち(産経新聞社)

大出版社の社員が支払った上にタクシー券までくれた。

そんな狂乱が覚めたあとでも、しばらくはバブル時代のセンスから日本人は抜け出せなかった。経済は再び鍋の空焚《からだ》きのような活況を呈《てい》し、株はまた上がると信じていた。それが見果てぬ夢だと日本人に劇的かつ残酷なかたちで知らしめたのは平成7（95）年のいくつかの出来事であった。

その年1月、阪神・淡路大震災が起こった。災害はいつでも寝耳に水のごとく襲うのだが、このときは油断の程度が過ぎたためにその衝撃はいっそうひどかった。「経済成長の30年間」につくり上げた神戸は一瞬にして崩壊した。3月、オウム真理教による世界史上初めての平時毒ガステロ、地下鉄サリン事件があった。昭和戦後時代後半に大人となった実行犯たちの孤独と不安は、あのようなカルト新興宗教の「教祖」に帰依《きえ》するまで深刻だったのか、と私たちは虚《きょ》を衝《つ》かれる思いを味わった。そうしてこの年、「ウインドウズ95」が売り出された。

この機械の発売が世界を変えることにつながろうとは、当時は夢にも思わなかった。自分は生涯コンピュータとは縁がないと決めてかかっていたからだ。しかしそれから約四半世紀、通信と言語表現の伝達方式は一変した。恐ろしいまでの利便さは事務処理に革命的進歩をもたらし、同時に事実上無署名の無責任な言説が世界にあふれた。中にはフェイクも多数混じる。平成はそれに翻弄《ほんろう》された時代だったともいえる。

デフレと「あきらめ」と時代小説ブーム

平成の時代精神はデフレがもたらすところが大きかった。

かつてあれだけ輝かしい経済成長をつづけた日本がデフレに苦しみ、デフレ脱出をもくろむ政策を講じてもむなしく、やがてデフレが常態となってしまった30年であった。この間、日本の実質賃金は上がっていないどころか、むしろ下がっているとは現代世界史上の一奇であろう。

さらに不思議なことは、日本人がデフレに怒らないことだ。そのかわり社会に満ちた空気は「あきらめ」である。いま「ガマン」して「努力」すれば必ず明日は豊かになる、将来が開けると誰もが考えていた昭和戦後が懐かしい。

平成末期には「あきらめ」が高じて「定常性《ていじょうせい》」への志向さえうかがえるようになった。進歩せず、拡大せず、成長しない現状が安定してつづくことが定常性で、モデルは江戸時代である。現実には、長い平和のうちに農業の生産性は向上し、手工業と国内水運が発達して充実し、とくにその前半には経済成長が見られる江戸時代だが、産業革命がなく、また海外貿易と植民地獲得の野心を持たなかったために、目ざましい成長はなく「定常性」社会とのちに定義された。そこに安定と穏やかさを見て「憧れ《あこが》」を感じるのである。平成年間の時代小説ブームはそのあらわれであろう。

成功の果実の味

平成時代のもうひとつの特徴は、極端な「少子高齢化」だろう。平成年間に減少に転じたとはいえ、日本はまだ1億2600万人もの人口を誇る。しかし65歳以上が国民の29パーセントを占める、人類史上初めて出現した高齢化集団となった。新生児96万人といえば、20世紀半ばに出生した「団塊の世代」の三分の一強にすぎない。その「団塊の世代」が全員70歳を超えようとしている現在、国民の平均年齢は47歳にまで上昇した。

しかし、これらもまた昭和戦後の成功の果実なのである。生活水準が向上すれば、働き手をもとめるために子どもをつくらない。親の老後の保険とも考えない。親は自分たちの生活を重要視しながら、少ない子どもに集中投資しようとする。

それにしても全国に子どもたちがあふれていた昭和戦後の前半を思えば、現況は夢のようだ。悪夢のようだといってもいい。成功の果実の味は甘くない。酸っぱい。

愛郷という救い

平成は自衛隊の海外派遣が初めて行われ、やがてそれが恒例化した時代でもあった。はげしく対立しながら流動し、暴力とテロが蔓延《まんえん》する世界ではやむを得ないことであろう。自国内だけでの充足は、先進国として許されないのである。果たさなくてはならない義務を自衛隊員が果たしている。

平成18（2006）年、自衛隊部隊のイラクからの帰還に際して美智子皇后は、かく歌われた。

サマワより帰り来まさむふるさとはゆふべ雨間《あめま》にカナカナの鳴く

これは「愛国」の歌というより、「愛郷《あいきょう》」の歌であろう。心安らぐ懐かしい風物が、帰還した兵士をつつんでいる。

悠久の歴史とともにある「歌」という文学で、デフレに悩み、少子高齢化に行きまどう日本に、平成の皇后は「愛郷」という救いをしめされた。彼女こそ希代《きたい》の歌びと、と私が考えるゆえんである。

国民にとって平成の天皇とはどのような存在だったのか

皇室ジャーナリスト　山下晋司

象徴天皇という陛下自身の問い

象徴とは何か。この問いに対する答えは難しい。

平成の天皇（以下、陛下）は即位20年の記者会見で「象徴として望ましい天皇のあり方を求めつつ、今日まで過ごしてきました」と仰り、平成28（２０１６）年の『象徴としてのお務めについての天皇陛下のおことば』でも「象徴と位置づけられた天皇の望ましい在り方を、日々模索しつつ過ごして来ました」と仰《おっしゃ》いました。

平成の皇后（以下、皇后陛下）は即位20年の記者会見で「象徴の意味は今も言葉には表しがたく、ただ陛下が『国の象徴』また『国民統合の象徴』としての在り方を絶えず模索され、そのことをお考えになりつつ、それにふさわしくあろうと努めておられたお姿の中に常にそれを感じてきた」と仰っています。説明はできないが、陛下のお姿に象徴というものを感じてきたということです。

昭和21（1946）年、憲法改正の帝国議会で担当大臣だった金森徳次郎は興味深い答弁をしています。

「新憲法第一条の象徴というのは無形《むけい》ではなく、天皇は生身《なまみ》の人間なので有形である、第二条に規定されている皇位というものの中には日本国そのものなども含まれ、無形のものである、国民は第一条の有形の天皇を通して第二条の無形の天皇、要するに国を感じればいい」といった主旨の答弁をしたのです。

金森のいう国民が国を感じるための天皇というのは、国民から見える存在であり、見せる行動が必要であるといってもいいと思います。陛下は象徴の立場にある人間は行動が伴わないといけないとのお考えでしたが、これは現在の憲法の成立過程において担当大臣であり、憲法学者でもあった金森の象徴天皇の解釈と通じるところがあるわけです。

ご自身の目で見、耳で聞き、自分の言葉で語りかける陛下

平成の御代を通して天皇の特徴を一言でいえば「直接」だと思っています。平成になり昭和時代と変わったことはいくつもありましたが、拝見しているうちに、陛下はとにかく間に人が入ることをできるだけ避けたいと考えておられると感じるようになってきました。

被災地訪問もそうですが、自分の目で見、自分の耳で聞き、自分の言葉で語りかけることを大事にされてきたからです。宮内庁内においても同様に、陛下が何かご説明を受けるときは、昭和時代のように侍従を介することなく、地方行幸啓のことなら担当の官房総務課長からなど、一番知っている人からの説明を望まれました。

ぶれることなく、ご自分の天皇像を貫かれた陛下

自分の気持ちを相手に伝えることは難しいものです。陛下の印象的な姿に、災害の避難所で膝をついて被災者と接しておられる姿があります。皇后陛下は障碍者《しょうがい》など、いわゆる社会的弱者に限らず、お話をするときはご結婚当初から相手と目線を合わせておられました。お

そらくご結婚前も同じだったでしょう。ご結婚当初の写真などを見ると、しゃがみこんだ皇后陛下の横で陛下は立っておられたりしています。

筆者の想像ですが、他人に気持ちを伝えるためには皇后陛下のそういう振る舞いが好ましいと陛下は思われたのではないでしょうか。皇后陛下は陛下に対して、こうすべきですなどとは仰らないでしょうから、陛下ご自身が良いところは見習うべきだと判断されたのだと思います。こういったお振る舞いも含めて、「平成流」などといわれ、すっかり定着した天皇の姿ですが、平成の即位当初は、「威厳がない」、「天皇はそんなことはしない」といった批判もありました。陛下ご自身もそういう批判があることは承知しておられたでしょうが、ぶれることなく、ご自分の考えを貫いてこられました。

平成になって数年後に気がついたのですが、筆者に限らず国民の頭にある天皇像は昭和天皇像だったのだろうということです。象徴天皇とはこうあるべきというよりも、昭和天皇はこうされていたということです。現実の天皇は変わっても、頭の中にいる天皇はそう簡単には変わらないものです。しばらくの間は頭の中にある昭和天皇と現実の天皇である陛下のイメージの乖離《かいり》が批判に繋《つな》がったのではないかと思いました。

しかし、時間の経過とともに国民の価値観も少しずつ変わっていきます。国民と共に歩む天皇もその在り方は変わっていくものです。平成31（２０１９）年2月の「御在位三十年記念式典」で陛下は「象徴としての天皇像を模索する道は果てしなく遠く、これから先、私を継いでいく人たちが、次の時代、さらに次の時代と象徴のあるべき姿を求め、先立つこの時代の象徴像を補い続けていってくれることを願っています」と仰いましたが、これは天皇の在り方は時代によって変わっていくべきもので、国民と共に歩み、国民の声に耳を傾《かたむ》け、常にその時代に合った象徴天皇の在り方を模索し続ける必要があるということだと思います。

忘れてはならない戦争の記憶と平和への思い

陛下の戦争に関するご発言・行動にはたびたび注目が集まりました。時間が経つに伴い、陛下の平和への思いは段々と強くなっていったように感じます。ご即位20年に際しての記者会見で「次第に過去の歴史が忘れられていくのではないかということ」を心配していると仰いました。戦争の歴史が忘れ去られてしまえば、再び戦争という悲劇が繰り返されるかもしれないという危機感を持っておられたのでしょう。

月日が経つごとに日本全体から戦争の記憶が薄れていくことは当然です。だからこそ語り継いでいくことが大事になります。その想いが時間の経過とともに強くなっていったのでしょう。両陛下は戦後50年、60年、70年の節目のときに「慰霊の旅」をされてきました。天皇

平成17（2005）年6月28日、戦後60年の「慰霊の旅」で天皇皇后両陛下はサイパンへご訪問。「バンザイ・クリフ」の断崖に向かって黙礼される両陛下（産経新聞社）

皇后がこういう行動をされると大きなニュースになります。そのことで国民は戦争というものを意識します。天皇皇后の慰霊の旅にはそういう意味もあったのでしょう。

昭和天皇の時は戦争経験者がたくさんいましたから、自然と記憶は共有されました。しかし、今はどんどんその記憶が薄れつつあります。陛下は物心ついた頃から日本は戦争をしていて疎開生活も経験されています。戦争経験者としてその悲惨さは語りつぐべきだという想いがあるのでしょう。昭和56（1981）年の皇太子時代に、終戦記念日（8月15日）、広島原爆の日（8月6日）、長崎原爆の日（8月9日）、沖縄慰霊の日（6月23日）を「忘れてはならない4つの日」と仰いました。その時の想いを天皇としてもずっとお持ちだったのです。

国民の信頼と敬愛をもたらした両陛下の「直接」の行動

また、平成は災害の時代とも言われるように、多くの災害に見舞われた時代でした。昭和時代にも福井地震や伊勢湾台風など大規模災害はありましたが、「大震災」と呼ばれるものは大正12（1923）年の「関東大震災」の次は平成7（95）年の「阪神・淡路大震災」です。60余年続いた昭和時代に大震災はありませんでした。そして平成23（2011）年には「東日本大震災」が発生しました。元号の意味合いからすればなんとも皮肉なことです。ただ、こういう大きな災害に対して、陛下と皇后陛下が「直接」に行動されたことでお気持ちがより強く国民に伝わったと思います。これも大変皮肉なことではありますが、災害が少なければこれほど平成の天皇皇后両陛下に対する国民の信頼や敬愛は大きくならなかったのではないかと思います。

名実ともに象徴天皇制度が確立した平成時代

国民の中に入っていく天皇の姿、前述のように行動を伴う天皇の在り方は今後の天皇も変わらないでしょう。国民主権、民主主義の下での象徴天皇制度の基本になると思われます。将来、象徴天皇制度は平成時代に名実ともに確立したといわれるのではないでしょうか。

関川夏央《せきかわ・なつお》

1949（昭和24）年、新潟県生まれ。作家。上智大学外国語学部中退。85（昭和60）年『海峡を越えたホームラン』で講談社ノンフィクション賞、98（平成10）年、『「坊っちゃんの」時代』（谷口ジローとの共著）で手塚治虫文化賞、2001（平成13）年、『二葉亭四迷の明治四十一年』など明治以来の思想と行動を掘り下げた業績により司馬遼太郎賞。03（平成15）年、『昭和が明るかった頃』で講談社エッセイ賞を受賞。

山下晋司《やました・しんじ》

1956（昭和31）年、大阪市生まれ。皇室ジャーナリスト。関西大学卒業。23年間の宮内庁勤務の後、出版社役員を経て独立。独立後は皇室ジャーナリストとして『皇室手帖』の編集長などを務める。現在は、BSテレ東『皇室の窓スペシャル』の監修のほか、各種メディアで解説などを行っている。監修著書に『天皇陛下100の言葉――国民に寄り添うやさしき御心』など多数。

天皇皇后両陛下《てんのうこうごうりょうへいか》の歌《うた》から読《よ》む平成史《へいせいし》

二〇一九年四月三〇日　初版第一刷発行

解　説　関川夏央《せきかわなつお》・山下晋司《やましたしんじ》
編　者　ベストセラーズ書籍編集部
発行者　塚原浩和
発行所　KKベストセラーズ
〒一七一－〇〇二一
東京都豊島区西池袋五－二六－一九
陸王西池袋ビル4階
電話　〇三－五九二六－六二六二（編集）
〇三－五九二六－五三二二（営業）

印刷所　錦明印刷株式会社
製本所　株式会社積信堂
DTP　株式会社オノ・エーワン
装　幀　竹内雄二

ISBN978-4-584-13914-1 C0095

新元号

令和

●**出典**

『万葉集』巻五、梅花《うめのはな》の歌《うた》三十二首《さんじゅうにしゅ》并《あわ》せて序《じょ》

●**引用文**

初春令月、気淑風和、梅披鏡前之粉、蘭薫珮後之香

●**書き下し文**

初春《しょしゅん》の令月《れいげつ》にして、気《き》淑《よ》く風《かぜ》和《やわら》ぎ、梅《うめ》は鏡《きょう》前《ぜん》の粉《こ》を披《ひら》き、蘭《らん》は珮後《はいご》の香《こう》を薫《かお》らす

●**注**

新元号の典拠となる「初春令月、気淑風和」は、「於是仲春令月　時和気清」(後漢・張衡「帰田賦」・文選巻十五)を踏まえていることが指摘されている(岩波書店刊行/新日本古典文学体系『萬葉集(一)補注』より)